AF425940

تريندز للبحوث والاستشارات
TRENDS RESEARCH & ADVISORY

الصراع الأمريكي - الصيني
قراءة في ضوء نظريات العلاقات الدولية

محمد فايز فرحات

اتجاهات استراتيجية (4)

مايو 2021

مركز تريندز للبحوث والاستشارات

يُعد مركز «تريندز للبحوث والاستشارات» مؤسسة بحثية مستقلة، تأسس عام 2014، ويهتم باستشراف المستقبل في جوانبه الاستراتيجية والسياسية والاقتصادية، وتتبع القضايا العالمية المختلفة. كما يهدف المركز إلى تحليل الفرص والتحديات على مختلف الصُّعُد الجيوسياسية الراهنة، وما تحمله من متغيرات محتملة، مع محاولة إيجاد إجابات وتفسيرات علمية وموضوعية من شأنها المساهمة في التأثير في اتجاهات الأحداث مع مراعاة نواحي التحليل والنقد والاستشراف.

ويقدّم المركز، من أجل تحقيق غاياته العلمية، دراسات رصينة ذات أبعاد استشرافية مستقبلية، ويطرح أفضل البدائل الممكنة لمساعدة صنّاع القرار في معرفة التطورات الإقليمية والدولية بشكل أعمق، والاستفادة مما توفره من فرص. كما يقوم المركز برصد الاتجاهات والتغييرات الاستراتيجية والاقتصادية والإقليمية والدولية، والتنبؤ بآثارها المستقبلية، وذلك وفق الضوابط العلمية المتعارف عليها دولياً لدى أعرق مراكز التفكير والبحث العلمي.

الفهرس

الملخص التنفيذي

تفرض حالة الصعود الصيني، اقتصادياً وعسكرياً وتكنولوجياً، تساؤلات مهمة حول تأثير هذا الصعود على مستقبل وشكل النظام العالمي الأحادي القطبية الراهن. وحتى مع افتراض أن هذا الصعود سينتهي إلى بناء نظام عالمي متعدد الأقطاب، فسيظل هناك سؤال مهم آخر حول آليات هذا الانتقال، وهل سيرتبط بحدوث صدام عسكري حتمي بين الولايات المتحدة والصين؟ أم يمكن أن يحدث ذلك باعتباره أمراً واقعاً من دون وقوع هذا الصدام؟ وما هو المدى الزمني المتوقع لحدوث هذا الانتقال؟

هناك كتابات عدة طُرحت خلال السنوات الأخيرة بشكل عام، وعقب بدء جائحة «كوفيد-19» بشكل خاص، للإجابة عن هذه التساؤلات، لكن في ظل حالة التعقيد التي تتسم بها العلاقات والتفاعلات الدولية يصبح تقديم إجابات منضبطة علمياً عملية صعبة؛ الأمر الذي يجعل من الضروري الرجوع إلى أبرز نظريات العلاقات الدولية المعنية بدراسة شروط الانتقال وآلياته داخل النظام العالمي. وهناك نظريات عدة، لكن هذه الدراسة تعتمد على نظريتين أساسيتين؛ هما نظرية «تحول القوة»، ونظرية «استقرار الهيمنة». ويرجع اختيار الدراسة لهاتين النظريتين إلى تماسك مقولاتهما بشكل كبير حتى الآن، بالإضافة إلى اعتمادهما مداخل مختلفة ومتمايزة لفهم عملية الانتقال داخل النظام العالمي؛ ما يسمح بتقديم إجابات منهجية ومتماسكة نسبياً.

لا تدعي الدراسة، استناداً إلى هاتين النظريتين، أنها قدمت إجابة نهائية بشأن تأثير الصعود الصيني على مستقبل النظام العالمي، أو آليات حدوث هذا الانتقال، لكنها تمثل مساهمة أولية وضرورية في سياق جهد بحثي مطلوب خلال المرحلة الراهنة.

الصراع الأمريكي – الصيني
قراءة في ضوء نظريات العلاقات الدولية

محمد فايز فرحات

مقدمة:

استحوذت قضية الصعود الصيني داخل النظام العالمي، وما تبعها من تطورات على مستوى العلاقات الأمريكية – الصينية، على اهتمام واسع من جانب باحثي العلاقات الدولية، خاصة عقب التدهور الذي طال هذه العلاقات خلال مرحلة إدارة دونالد ترامب (2017-2020)، التي دشنت ما عرف إعلامياً بـ«حرب الرسوم التجارية». ولم يقتصر هذا التدهور على المجال التجاري، إذ اتسع ليشمل مجالات عدة، كان أبرزها تكنولوجيات الجيل الخامس، على نحو ما عكسته الإجراءات الأمريكية ضد شركة هواوي الصينية، والتسييس الأمريكي لجائحة «كوفيد-19»، بجانب القضايا التقليدية موضوع الخلاف قبل وصول إدارة ترامب، خاصة الحضور الأمريكي العسكري في بحر الصين الجنوبي، وقضية الحريات وحقوق الإنسان داخل الصين، وقضية تايوان.

الفصل الراهن في العلاقات الأمريكية- الصينية دفع العديد من الباحثين المتخصصين في حقل العلاقات الدولية إلى إثارة العديد من التساؤلات حول مستقبل هذه العلاقات، وتأثيرها على هيكل النظام العالمي. وطُرح في هذا الإطار العديد من الاجتهادات والسيناريوهات حول مستقبل هذه العلاقات، والتي تراوحت بين سيناريوهين رئيسيين، أولهما استند إلى التوترات الأخيرة للتأكيد على أن هذه العلاقات ستأخذ مساراً تصعيدياً خلال الفترة القادمة، قد يصل إلى حد الصدام، بينما ظل هناك اتجاه آخر يرى أن مرحلة التوتر الراهنة هي مرحلة مؤقتة، وسرعان ما ستعود العلاقات بين الطرفين إلى حالتها الطبيعية. وقد استند أنصار كل سيناريو إلى عدد من المؤشرات والحجج التي تدعم مقولته الرئيسية.

واقع الأمر أن فهماً دقيقاً للصراع الأمريكي – الصيني الراهن، ومآلات هذا الصراع، سواء فيما يتعلق باحتمالات الصدام العسكري بين الجانبين، أو تأثير ذلك الصراع على مستقبل هيكل النظام العالمي، يستوجب وضع هذا الصراع في سياق أوسع. فمن ناحية،

لابـد مـن فهـم المرحلـة الراهنـة في علاقات القوتين في إطار مـدى زمنـي أبعـد يسـمح بفهم ديناميـات التفاعـل بيـن القـوى الدوليـة الواقعـة على قمة هيكل النظام العالمي، والتحولات الجاريـة في هيـكل هـذا النظام، سـواء على مسـتوى التفاعـلات المباشـرة بـين هـذه القـوى، أو التحـولات الجاريـة فيمـا بينهـا على مسـتوى المؤسسـات الدوليـة... إلـخ. بعـض هـذه التحولات تعـود إلى مراحل سـابقة على بدء الصـراع الراهـن، ولـم تلتفـت إليها العديد من الدراسـات الراهنـة، رغـم أهميـة هـذه التحـولات في فهـم هـذا الصـراع ومآلاتـه. مـن ناحيـة ثانيـة، فـإن فهمـاً منضبطـاً لطبيعـة الصـراع الراهـن ومآلاتـه المختلفـة يسـتوجب الرجـوع أيضـاً إلـى النظريـات الأبـرز في حقـل العلاقـات الدوليـة المعنيـة بفهـم مراحـل التحـول في النظـام العالمـي. هـذه النظريـات تطـرح افتراضـات ومقـولات مهمـة حـول أنمـاط الصـراع بـين القـوة/ القـوى المهيمنـة على النظـام العالمـي والقـوة/ القـوى الصاعـدة في مراحـل محـددة، وشـروط حـدوث صـدام عسـكري بـين هـذه القـوى، وكيـف تحـدث عمليـة الانتقـال داخـل النظـام العالمـي. هـذه النظريـات لا تقـدم إجابـات واحـدة عـن هـذه التسـاؤلات، لكنهـا تظل مدخـلاً مهمـاً لفهـم ديناميـات الصـراع الدولـي الجـاري على قمـة هيـكل النظـام العالمـي، وشـروط ارتبـاط هـذا الصـراع بحـدوث تحـول في هيـكل هـذا النظـام.

هنـاك عـدد غيـر قليـل مـن نظريـات العلاقـات الدوليـة المعنيـة بالتحـول في هيـكل النظـام العالمـي، لكـن هـذه الدراسـة سـوف تركـز على نظريتيـن أساسـيتين؛ همـا نظريـة تحـول القـوة، ونظريـة اسـتقرار الهيمنـة. كمـا سـتعتمد في تحليلهـا على الـدلالات المهمـة التـي يعكسـها اسـتحداث الصـين لإحـدى المؤسسـات الماليـة المهمـة، وهـو «البنـك الآسـيوي للاسـتثمار في البنيـة التحتيـة» في ضـوء هـذه النظريـات، خاصـة نظريـة «اسـتقرار الهيمنـة».

أولاً: الصراع الأمريكي – الصيني في ضوء نظرية «تحول القوة»

تطورت نظرية «تحول القوة» Power Transition Theory خلال عقد الخمسينيات من القرن العشرين، على يد عدد من المنظرين، مثل كينيث أورجانسكي Kenneth Organski، وجاكيك كوجلر Jacek Kugler[1]. جوهر هذه النظرية هو القول بوجود

---

1. تشمل الكتابات الأبرز لهؤلاء:

Abramo F. K. Organski, World Politics (New York: A.A. Knopf, 2nd edition, 1968).

Abramo F. K. Organski & Jecek Kugler, The War Ledger (Chicago: Unicersity of Chicago Press, 1980).

علاقة بين التحول في موازين القوة بين الدولة المهيمنة على قمة النظام العالمي والقوة الصاعدة، من ناحية، ووقوع الحرب بين هذه القوى في مراحل محددة، من ناحية أخرى. وقد تطور في إطار هذه النظرية عدد من النماذج المفسرة لكيفية وقوع هذه الحرب، لكن يظل النموذج الأبرز هو ما قدمه أورجانسكي وكوجلر.

وفقاً لأورجانسكي وكوجلر، تنتظم وحدات النظام العالمي، وفقاً لتوزيع القدرات الاقتصادية والعسكرية، داخل بناء هرمي، يقع على قمته «دولة مهيمنة»، تليها مجموعة أقل من الدول ذات قدرات متصاعدة، ثم مجموعة أكبر تشمل الدول الصغيرة. وانطلاقاً من هذا الافتراض، تطرح النظرية ثلاث مقولات أساسية: (1) إن التوزيع اللامتكافئ للقوة السياسية والاقتصادية والعسكرية بين الدول المتنافسة يزيد من احتمالات وقوع الحرب. (2) إن تحقيق السلام داخل النظام العالمي، واستدامته، يكون أسهل في ظل مراحل عدم التوازن في القوة. (3) إن المبادرة بالحرب لا تأتي بالضرورة من جانب الدول المهيمنة على النظام العالمي، ولكنها قد تأتي من جانب الدول الصاعدة.

ووفقاً لأورجانسكي وكوجلر، فإنه مع تغير نمط توزيع القدرات الدولية، وظهور مجموعة دول صاعدة يدخل النظام العالمي مرحلة جديدة قد تنتهي بمبادرة الأخيرة بشن الحرب ضد القوة المهيمنة على النظام. ويقوم تفسيرهما للحرب هنا على حالة التناقض بين وضع «القوة الصاعدة» الجديدة داخل النظام العالمي من ناحية، وحجم الامتيازات التي تتمتع بها داخل هذا النظام؛ فبينما تكون هذه القوة قد حققت تقدماً كبيراً في وضعها الاقتصادي والعسكري داخل النظام العالمي لكنها في الوقت ذاته لا تحصل على الامتيازات المناسبة لهذا الوضع الجديد؛ ذلك لأنها – من ناحية – لم تكن جزءاً من عملية تأسيس هذا النظام في مرحلة سابقة تم خلالها توزيع هذه «الامتيازات» وفقاً لموازين القوى القائمة آنذاك، ورفض القوة المهيمنة – من ناحية ثانية – منحها الامتيازات التي تتناسب مع وضعها الجديد؛ الأمر الذي يضطرها إلى شن حرب ضد القوة المهيمنة بهدف بناء نظام عالمي جديد يعكس النمط الجديد لتوزيع القوة، إذا رأت أن اللحظة باتت مناسبة لذلك[2].

---

2. Ibid., p. 19-20.

وتنطلق النظرية من تعريف مادي للقوة استناداً إلى المدرسة الواقعية، التي تركز على المكونات الصلبة للقوة القابلة للقياس المادي. وفي هذا الإطار، تركز النظرية على مؤشرات إجرائية محددة قابلة للقياس؛ مثل: الناتج المحلي الإجمالي، والقدرات الصناعية، والقدرات العسكرية، وحجم السكان. ويذهب أوجانسكي وكوجلر إلى أن التفاوت في القدرات يحدث بالأساس نتيجة التفاوت في قدرة الدولة على استغلال مواردها البشرية والمادية، ومن ثم، فإن التفاوت ينتج هنا نتيجة عوامل تتعلق بحجم الدولة –جغرافياً وبشرياً– ومعدلات النمو الاقتصادي، وحجم الإنفاق العسكري. وبهذا المعنى، فإنهما يستبعدان الدول الصغيرة من القدرة على التأثير على نموذج تحول القوة القائم، حتى في حالة نجاحها في تحقيق معدلات نمو اقتصادية وتنمية سريعة.

وبالإضافة إلى عامل الحجم، يضيف نموذج أورجانسكي وكوجلر متغيراً مهماً فيما يتعلق بشروط حدوث الحرب بين الدولة المهيمنة والدولة الصاعدة، وهو معدل صعود القوة الصاعدة؛ ففي الحالات التي يكون فيها معدل الصعود منخفضاً تكون فرص تسوية الأزمة بينهما كبيرة، لكن عندما يكون معدل الصعود مرتفعاً، فإن الطرفين (القوة المهيمنة والقوة الصاعدة) لا يكون لديهما الاستعداد لتسوية الأزمة سلمياً، وخاصة أن القوة الصاعدة تكون لديها قناعة أكبر بأن لديها القدرة على حسم الخلاف عسكرياً. ذلك أن هذه المرحلة غالباً ما تكون مرتبطة بحسابات وإدراكات خاطئة لدى النخبة الحاكمة في الدولة الصاعدة حول موازين القوى القائمة، وحول قدرتها على حسم الصراع، فضلاً عن حالة عدم الرضا حول وضعها داخل النظام العالمي.[3]

وتعطي النظرية دوراً مهماً للنخبة الحاكمة في تطور حالة «عدم الرضا» لدى الدولة الصاعدة؛ وهو ما يعني أن التحول في القوة لا يعني حدوث الحرب بشكل حتمي، حيث يعتمد الأمر على تطور «إدراك» لدى النخبة بأن دولتهم لا تحظى بالامتيازات التي تتناسب مع وضعها ووزنها داخل النظام العالمي القائم، وأن القواعد المُنَظِّمة لعمل هذا النظام لم تعد مناسبة بالنسبة لها، ما يدفعها إلى قرار الحرب لبناء نظام عالمي جديد عندما تدرك أن اللحظة قد باتت مناسبة لذلك. كذلك، تذهب النظرية إلى أن المدخل الرئيسي لحدوث «تحول القوة» يتمثل في بناء القدرات الوطنية، بينما لا تعطي اعتباراً

---

3. Ibid., p. 21.

لبناء التحالفات الدولية أو تفكيك التحالفات المناوئة. وقد برر أورجانسكي وكوجلر هذا الافتراض استناداً إلى عوامل عدة؛ منها صعوبة بناء تحالفات مستقرة على مدى زمني بعيد، وتراجع الأهمية النسبية للعامل الأيديولوجي في بناء التحالفات ما يجعلها أقل «صلابة». أضف إلى ذلك أنه في مرحلة «استقرار الهيمنة»، فإن فجوة القوة بين الدولة المهيمنة وباقي الدول الصاعدة تكون كبيرة، ومن ثم لا تنشأ حاجة لبناء مثل هذه التحالفات[4].

وبرغم أن النظرية لا تذهب إلى أن الحرب نتيجة حتمية «لتحول القوة»، فإنها تذهب إلى أن هذه الحرب تصبح حتمية عندما تنشأ حالة عدم الرضا لدى القوة الصاعدة. كما تؤكد النظرية أن عملية «تحول القوة» تأخذ وقتاً طويلاً نسبياً يصل إلى عدة عقود، كما قد تتضمن سلسلة من المواجهات أو الحروب. لكن اللافت أنها تؤكد أن النتيجة «محسومة» لمصلحة الدولة الصاعدة في النهاية، وأن محاولات إجهاض هذا التحول من جانب الدولة المهيمنة ستنتهي بالفشل طالما تحققت الشروط الأساسية (حدوث التحول في القوة لمصلحة الدولة الصاعدة، وتوافر شرط عدم الرضا لدى النخبة الحاكمة حول القواعد المنظمة للنظام العالمي).

وقد تعرضت مساهمة أورجانسكي وكوجلر لبعض الانتقادات من جانب بعض أتباع النظرية نفسها، حيث تعلقت أبرز هذه الانتقادات بمتى وكيف تحدث الحرب بين الدولة المهيمنة والدولة الصاعدة (ديناميكية عمل النموذج). على سبيل المثال، ذهب جوناثان

---

4. يميز أورجانسكي وكوجلر هنا بين نموذج «تحول القوة»، ونموذجي «توازن القوى» balance of power theory، و«الأمن الجماعي» collective security theory، من حيث دور النخبة، وطريقة إعادة توزيع القوة. في حالة «توازن القوة» تسعى النخبة إلى تعظيم قوة الدولة ـ سواء في إطار فردي، أو من خلال التحالف مع قوى أخرى ـ في مواجهة المنافسين أو الأعداء المحتملين. أما في حالة نموذج «الأمن الجماعي» فإن النخبة تتصرف بمنطق أكثر عقلانية، حيث تميل إلى تعظيم قوة «الجماعة الدولية»، ممثلة في «نظام الأمن الجماعي»، بهدف ردع العدو المحتمل. كذلك تختلف نظرية «تحول القوة» عن نظريتي «توازن القوة»، و«الأمن الجماعي»، فيما يتعلق بالعلاقة بين متغيرين: نمط توزيع القوة، والحرب. فعلى العكس مما ذهبت إليه نظرية «تحول القوة» من أن «التوزيع اللامتكافئ» للقوة هو الأكثر ملاءمة لتحقيق السلام، وأنه مع اقتراب نمط توزيع القوة إلى التكافؤ ستزداد احتمالات الحرب، نتيجة قرار النخبة الحاكمة في الدولة الصاعدة، غير الراضية، البدء بالحرب ضد الدولة المهيمنة، فإن نظرية «توازن القوة» تقول بأن التوزيع المتكافئ للقوة هو الأقرب لضمان السلام ومنع الحرب، وأن حدوث خلل في هذا التوازن سيؤدي إلى حدوث الحرب نتيجة قرار الدولة الأقوى بمهاجمة الدول/ الدولة الأضعف، بينما تذهب نظرية «الأمن الجماعي» إلى أن بناء مثل هذا النظام هو الشرط اللازم لبناء السلام، على اعتبار أن هذا النظام سيمثل رادعاً كافياً لمنع حدوث أي اعتداء من جانب الدولة الأضعف.

ديكيكو وجاك ليفي إلى أن أورجانسكي وكوجلر لم يقدما إجابات واضحة وشاملة بهذا الشأن. فقد انتقد ديكيكو وليفي كلاً من أورجانسكي وكوجلر لأنهما قصرا بدء الحرب على الدولة الصاعدة فقط، وطرحا فرضاً آخر يقوم على إمكانية أن يأتي قرار الحرب من جانب الدولة المهيمنة التي قد تقرر النخبة الحاكمة فيها شن «حرب استباقية» ضد الدولة الصاعدة كمحاولة لإجهاض سيناريو «تحول القوة» والإبقاء على النظام العالمي وميزان القوى القائم[5]. كما أكد «ستيف تشان» Chan على الفكرة ذاتها، حيث أشار إلى أن القوة الصاعدة تتسم بدرجة من العقلانية، وتميل إلى تبني «سلوك تحوطي» prudent behavior، بينما تميل القوة المهيمنة إلى تبني سياسات «مخاطرة» أو «مغامرة» risky policies بالنظر إلى حالة التهديد والخسائر التي تتعرض لها نتيجة اكتمال «تحول القوة» الجاري[6].

من ناحية أخرى، تعرض نموذج أورجانسكي وكوجلر للنقد فيما يتعلق بعدم تقديمهما مفهوماً إجرائياً للوقوف على حالة «عدم الرضا» لدى النخبة في الدولة الصاعدة، رغم مركزية هذا الشرط في ارتباط تحول القوة بالحرب. في هذا الإطار، اقترح ووسانج كيم Woosang Kim قياس حالة «عدم الرضا» اعتماداً على قياس درجة التشابه في تحالفات القوى المهيمنة والصاعدة، ودرجة التشابه في طبيعة التزامات هذه التحالفات. ووفقاً لكيم، فكلما زادت درجة التطابق بين تحالفات الطرفين، ودرجة التوافق بين هذه الالتزامات، كان ذلك مؤشراً على غياب حالة «عدم الرضا»[7]. وفي محاولة أخرى لقياس حالة «عدم الرضا» طرح دوجلاس ليمكي Lemke Douglas وسوزان فيرنر Werner Suzanne مؤشراً آخر وهو تتبع معدلات الإنفاق العسكري للقوى المهيمنة

---

٥. لمزيد من التفاصيل، انظر:

Jonathan M. Dicicco & Jack S. Levy, "Power Shifts and Pboblem Shifts: The Evolution of the Power Transition Research Program", **Journal of Conflict Resolution,** 43 (6), 1999, pp. 675- 704. Available at: https://journals.sagepub.com/doi/pdf/10.1177/0022002799043006001 (accessed on January 20, 2021).

٦. لمزيد من التفاصيل، انظر:

Steve Chan, China, The United States, and Power Transition Theory: A Critique (London, New Yourk: Routledge, 2008).

7. Woosang Kim, "Alliance Transition and Great Power major Wars", American Journal of Political Science, vol. 35, no. 4, November 1991, pp. 830- 850.

والصاعدة، وحجم الفجوة بين الطرفين، كمؤشر على مدى سعي كل منهما للاستقرار أو التغيير. وانتهيا إلى أن النمو «غير العادي» للإنفاق العسكري للقوة الصاعدة يشير في الأغلب إلى وجود حالة من «عدم الرضا» لدى النخبة الحاكمة وسعيها لتغيير النظام العالمي وإنهاء حالة الهيمنة الراهنة[8].

وهكذا، وفي ضوء نموذج أورجانسكي وكوجلر والانتقادات والتعديلات عليه، وكما يتضح من الشكل رقم (1)، تميز نظرية «تحول القوة» بين ثلاث مراحل في تطور العلاقة بين الدولة المهيمنة على النظام العالمي والدولة الصاعدة: **الأولــى**، هي مرحلة الاستقرار واللاحرب، حيث تظل هناك «فجوة قوة» كبيرة نسبياً بين القوة المهيمنة والقوة الصاعدة؛ فبرغم حالة النمو والصعود التي تشهدها الأخيرة، فإنها لا تشكل تهديداً لوضع القوة المهيمنة، ومن ثم فإنها لا تكون في حاجة إلى الدخول في أي مواجهة مع الثانية بسبب غياب أي تهديد لوضعها داخل النظام العالمي. كذلك، فإن فجوة القوة القائمة تكبح القوة الصاعدة عن القيام بأي عمل يمثل تحدياً لوضع القوة المهيمنة داخل النظام. أما **المرحلــة الثانيــة**، فتتسم بتراجع «فجوة القوة» بين الجانبين نتيجة استمرار تنامي قدرات القوة الصاعدة بمعدل يفوق مثيله لدى الدولة المهيمنة، ومن ثم تتسم هذه المرحلة بارتفاع احتمالات المواجهة العسكرية "war prone zone". ووفقاً لافتراضات ومقولات النظرية، تحدث هذه المواجهة بفعل أحد عاملين؛ فمن ناحية، ومع التحول في هيكل توزيع القوة، والتراجع المتزايد في فجوة القوة لصالح الدولة الصاعدة، ومن ثم تزايد حالة التهديد التي تواجه استقرار وضع الدولة المهيمنة، فقد تبادر الأخيرة بتنفيذ «ضربة استباقية» ضد القوة الصاعدة كمحاولة لإجهاض مشروعها. ومن ناحية أخرى، ونتيجة للتحولات السابقة ذاتها، قد ترى النخبة الحاكمة داخل القوة الصاعدة أن اللحظة باتت مناسبة للمبادرة بالحرب ضد الدولة المهيمنة، سواء للتعجيل ببناء نظام عالمي جديد يعكس ميزان القوة الجديدة، أو لوجود قناعة بأن القوة المهيمنة تسعى لإجهاض مشروعها من خلال عمل عسكري استباقي. وفي حالة نجاح القوة الصاعدة في هذه المواجهة، فإن ذلك يدشن لبناء نظام عالمي جديد، لتبدأ بذلك **المرحلــة الثالثــة**.

---

8. Douglas Lemke and Suzanne Werner, "Power Parity, Commitment to Change, and War", International Studies Quarterly, vol. 40, no. 2, June 1996, pp. 235- 260.

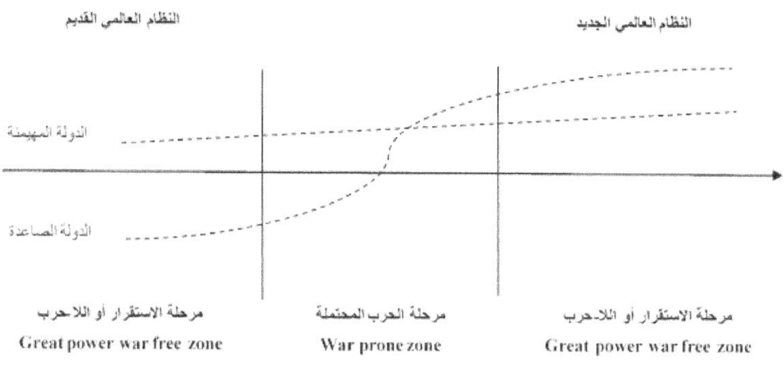

Source: David Lai, "The United States and China in Power Transition", **Strategic Studies Institute Book**, Strategic Studies Institute, USA Army War College, USA, December 2011, p. 7.

وقـد نجحـت مقـولات النظريـة ﭬ تفسـير التحـول ﭬ هيـكل النظـام العالمـي خـلال القـرن التاسـع عشـر والنصـف الأول مـن القـرن العشـرين. ولاتـزال صالحـة إلـى حـد كبيـر ﭬ تفسـير التحـولات الراهنـة ﭬ ضـوء وجـود توافـق بـين عـدد كبيـر مـن منظّـري العلاقـات الدوليـة علـى أن النظـام العالمـي الراهـن يمـر بالفعـل بمرحلـة انتقـال أو «تحـول القـوة». وبرغـم وجـود اختـلاف حـول قائمـة القـوى الصاعـدة وأيٌّ منهـا يمثـل تحديـاً للهيمنـة الأمريكيـة، لكـن هنـاك درجـة كبيـرة مـن التوافـق حـول وقـوع الصـين علـى رأس هـذه القائمـة.

وحصـرت إحـدى الدراسـات (المنشـورة ﭬ عـام 2011) مجموعـة القـوى الوسـطى «الصاعـدة» الرئيسـية داخـل النظـام العالمـي ﭬ تسـع دول؛ هـي: روسـيا، والصـين، والهنـد، واليابـان، وألمانيـا، والبرازيـل، وبريطانيـا، وفرنسـا، وألمانيـا. لكنهـا اسـتبعدت كلاً مـن اليابـان وفرنسـا وبريطانيـا وألمانيـا مـن فئـة القـوى الصاعـدة المُهـددة لحالـة الهيمنـة الأمريكيـة الراهنـة، سـواء لجهـة ارتباطهـا بعلاقـات تحالـف مـع الولايـات المتحـدة، أو لجهـة مشـاركتها ﭬ تأسـيس هـذا النظـام عقـب الحـرب العالميـة الثانيـة، أو لكونهـا تتشـارك مـع الولايـات المتحـدة ﭬ القيـم الرئيسـية الحاكمـة لعمـل هـذا النظـام، أو لجهـة عـدم امتلاكهـا نموذجـاً سياسـياً واقتصاديـاً

وأيديولوجياً مغايراً للنموذج الأمريكي، ومن ثم فإنها تتوزع بين كونها «حليفاً مخلصاً» "loyal lieutenant" أو «معارضاً مخلصاً» "loyal dissident" على أقصى تقدير. كما استبعدت الدراسة روسيا لأسباب تتعلق بعدم امتلاكها نموذجاً سياسياً واقتصادياً وثقافياً بديلاً للنموذج الغربي. واستبعدت كذلك الهند والبرازيل؛ لأسباب تتعلق بالتحديات الداخلية التي تواجههما، وغياب شرط «عدم الرضا»، واتساع حجم «فجوة القوة» مع الولايات المتحدة لصالح الأخيرة، ولارتباطها بشراكات استراتيجية وعلاقات تحالف مع الولايات المتحدة. وانتهت الدراسة بعد هذه الاستبعادات إلى أن الصين تمثل القوة المُهَدِّدَة الرئيسية للهيمنة الأمريكية، سواء لجهة التراجع المستمر لحجم «فجوة القوة» بين الجانبين، ولعدم وجود أي علاقات تحالف بينهما، وعدم مشاركة الصين في تأسيس النظام الدولي الراهن[9].

وبالإضافة إلى التراجع المتنامي لفجوة القوة بين الجانبين؛ بفعل تنامي الصعود الاقتصادي والعسكري الصيني، هناك تنام واضح في الإدراكات السلبية المتبادلة، عبر عنها بوضوح - من الجانب الأمريكي - تصنيف «استراتيجية الأمن القومي الأمريكية» للصين خلال السنوات الأخيرة على أنها «منافس استراتيجي» "strategic Competitor" ومصدر «تهديد» مباشر للأمن القومي الأمريكي وللمصالح الأمريكية، وأنها باتت «قوة مراجعة» revisionist power تسعى إلى إزاحة الولايات المتحدة وبناء نظام عالمي جديد. فقد جاء في استراتيجية الأمن القومي الأمريكية الصادرة في ديسمبر 2017 [10]:

الحقيقة المركزية المتواصلة عبر التاريخ هي التنافس على القوة، ولا تمثل الحقبة الراهنة استثناء على ذلك. هناك ثلاث مجموعات من القوى تمثل تحدياً للولايات

9. David Lai, "The United States and China in Power Transition", **Strategic Studies Institute Book**, Strategic Studies Institute, USA Army War College, USA, December 2011, pp. 19-24. Available at:
http://publications.armywarcollege.edu/pubs/2166.pdf (accessed on 10 Januart 2021).
وتأتي أهمية هذا الكتاب - رغم قدمه نسبياً - أنه صادر عن «معهد الدراسات الاستراتيجية»، أحد الكيانات البحثية التابعة لوزارة الدفاع الأمريكية.

10. The White House, National Security Strategy of the United States of America, Washington D.C, December 2017, p. 25. Available at: https://www.whitehouse.gov/wp-content/uploads/2017/12/NSS-Final-12-18-2017-0905.pdf (accessed on February 21, 2021).

المتحـدة: الأولـى، «القـوى المراجعـة» revisionist powers متمثلـة ﻲﻓ روسـيا والصـين. والثانيـة هـي الـدول المارقـة متمثلـة ﻲﻓ إيـران وكوريـا الشـمالية. الثالثـة هـي التظيمـات العابـرة للحـدود، خاصـة المجموعـات الإرهابيـة الجهاديـة. هـذه القـوى تنشـط ضـد الولايـات المتحـدة وحلفائنـا وشـركائنا. ورغـم اختـلاف الطبيعـة والحجـم، يتنافـس هـؤلاء ﻲﻓ السـاحات السياسـية والاقتصادية والعسـكرية، ويسـتخدمون التقنيـة والمعلومـات لتسـريع هـذه المنافسـة، مـن أجـل تحويـل موازيـن القـوى الإقليميـة لصالحهـم. هـذه المنافسـات السياسـية تجري بالأسـاس بـين أولئك الذين يفضلـون نظـام الحكم القمعـي وأولئك الذين يؤيـدون المجتمعـات الحـرة. الصـين وروسـيا تريـدان تشـكيل عالـم معـادٍ للقيـم والمصالـح الأمريكيـة. الصـين تسـعى لإزاحـة الولايـات المتحـدة ﻲﻓ منطقـة المحيـط الهنـدي والهـادي، ونشـر نموذجهـا الاقتصـادي القائـم علـى سـيطرة الدولـة، وإعـادة ترتيـب المنطقـة لصالحهـا.

وقـد سـارت علـى النهـج ذاتـه «اسـتراتيجية الدفـاع الوطنـي» لسـنة 2018، تقـول الوثيقـة[11]:

التحـدي المركـزي الـذي يواجـه ازدهـار الولايـات المتحـدة وأمنهـا هـو عـودة المنافسـة الاسـتراتيجية الطويلـة الأجـل لمـا وصفتـه «اسـتراتيجية الأمـن القومـي» بالقـوى «المراجعـة». مـن الواضـح، وبشـكل متزايـد، أن الصـين وروسـيا تريـدان تشـكيل عالـم يتوافـق مـع نموذجهمـا السـلطوي؛ الحصـول علـى حـق النقـض (الفيتـو) ضـد القـرارات الاقتصاديـة والدبلوماسـية والأمنيـة للـدول الأخـرى. وتسـتغل الصـين نفوذهـا وعمليـات التحديـث العسـكري، واقتصاديـات «الافتـراس» لإجبـار دول الجـوار علـى إعـادة تنظيـم منطقـة المحيـط الهنـدي – الهـادي وفقـا لمصالحهـا. ومـن خـلال اسـتمرار الصعـود الاقتصـادي والعسـكري، وتأكيـد قوتهـا مـن خـلال اسـتراتيجية شـاملة، تسـعى الصـين لتحقيـق الهيمنـة الإقليميـة علـى منطقـة المحيـط الهنـدي – الهـادئ ﻲﻓ المـدى القريـب، وإزاحـة الولايـات المتحـدة لتحقيـق التفـوق العالمـي ﻲﻓ المسـتقبل... إن الصـين وروسـيا الآن يقوضـان النظـام العالمـي مـن الداخـل مـن خـلال اسـتغلال منافـع النظـام وﻲﻓ الوقـت نفسـه تقويـض المبـادئ والقواعـد الحاكمـة لـه.

---

11. The Department of Defense, "Summary of the 2018 National Defense Strategy of the United States of America: Sharpening the American Military's Competitive Edge", Washington D.C, 2018, p. 2. Available at: https://dod.defense.gov/Portals/1/Documents/ pubs/2018-National-Defense-Strategy-Summary.pdf (accessed on March 15, 2021).

وهكـذا، يمكـن القـول إن العلاقـات الأمريكيـة- الصينيـة، ووفقـاً لنظريـة «تحـول القـوة» تقـع ﰲ المرحلـة الثانيـة (مرحلـة الحـرب المحتملـة). وبرغـم أن علاقـات البلديـن لـم تشهد حتـى الآن صدامـات مسلحة، لكن العديد مـن المؤشـرات تعـزز هـذا الاحتمـال، حتـى وإن تمـت المواجهـات على مسـتوى محـدود. أبـرز هـذه المؤشـرات الحضـور العسـكري الأمريكـي المتزايـد ﰲ منطقـة آسـيا المحيـط الهـادي بشـكل عـام، ومنطقـة بحـر الصـين الجنوبـي، بشـكل خـاص، وتحـول الولايـات المتحـدة وعـدد مـن حلفائهـا الآسـيويين (اليابـان، الهنـد، أسـتراليا) عـن مفهـوم «آسـيا- المحيـط الهـادي» إلـى مفهـوم «الإندو-باسـيفيك» ﰲ محاولـة لاسـتحداث مسـرح دولـي أوسـع لاحتـواء الصعـود الصينـي، وإحيـاء «الحـوار الأمنـي الربـاعي» بـين الولايـات المتحـدة واليابـان والهنـد وأسـتراليا. كما يذهب بعـض المحللـين إلـى أن أحـد الأهـداف الأساسـية مـن إعـلان الرئيـس الأمريكـي السـابق دونالـد ترامـب ﰲ 20 أكتوبـر 2018 انسـحاب الولايـات المتحـدة من «معاهـدة القـوى النوويـة المتوسـطة المـدى» هـو التحـرر مـن القيـود القانونيـة التـي تحـول دون تطويـر قـدرات عسـكرية بإمكانهـا التعامـل مـع القـدرات العسـكرية الصينيـة ﰲ منطقـة آسـيا المحيـط الهـادي؛ الأمـر الـذي قـد يؤسـس لانطـلاق سـباق تسـلح يشـمل الولايـات المتحـدة والصـين بجانـب روسـيا[12].

ثانياً: الصراع الأمريكي – الصيني في ضوء نظرية «استقرار الهيمنة»

تطورت أدبيـات نظريـة «استقـرار الهيمنـة» Hegemonic Stability Theory علـى يد عـدد مـن المنظِّـرين، أبرزهم شـارليز كيندليبيرجر Charles Kindleberger، وستفين كراسنر Stephen Krasner، وروبرت جيلبين Robert Gilpin. وقد ركزت النظريـة علـى فهم حـالات الانتقال علـى مسـتوى النظـام الاقتصـادي/ التجاري العالمـي، باستثناء مسـاهمات روبرت جيلبين التي أولت اهتمامـاً أكبر بتفسير التحـول في هيكل النظـام العالمـي. والسـؤال المركزي لـدى النظريـة هو: كيف يمكن بنـاء نظـام اقتصادي وتجاري

.12 انظر على سبيل المثال:

Tong Zhao, "Why China is Worried about the End of the INF Treaty", Carnegie-Tsinghua Center for Global Ploicy, November 07, 2018. Available at: https://carnegietsinghua.org/2018/11/07/why-china-is-worried-about-end-of-inf-treaty-pub-77669 (accessed on March 13, 2021).

"The U.S. Withdrawal from the INF Treaty is the Next Step in a Global Arms Race", Worldview Stratfor, **Assessment**, 22 October 2018. Available at: https://worldview.stratfor.com/article/us-withdrawal-inf-treaty-russia-global-arms-race-missiles (accessed on February 12, 2021).

عالمي حر؟ وما الشروط الأساسية اللازمة للوصول إلى هذا الهدف؟ بما يتضمنه ذلك من زيادة حجم التجارة العالمية وتدفق الاستثمارات المباشرة، واستقرار أسعار الصرف، وحرية التحويل بين العملات. وما العلاقة بين هيكل توزيع القوة على مستوى النظام العالمي ووجود نظام اقتصادي وتجاري عالمي حر؟

ويرجع تركيز النسبة الأكبر من أدبيات النظرية على فهم عملية التحول على مستوى النظام الاقتصادي، والتجاري، العالمي، إلى عاملين رئيسيين: الأول، يتعلق بمركزية هذه القضية خلال عقدي الأربعينيات والخمسينيات من القرن العشرين، على خلفية الأزمة الاقتصادية العالمية الكبرى التي بدأت في عام 1929 (أزمة الكساد العالمي) وامتدت خلال عقد الثلاثينيات وأوائل الأربعينيات، وما ارتبط بها من انخفاض كبير في حجم التجارة العالمية، خاصة بين الولايات المتحدة والقارة الأوروبية؛ فقد نتج عن انتهاء الحرب العالمية الأولى عودة الاقتصادات والصناعات الأوروبية إلى العمل بشكل طبيعي؛ ما أدى إلى تراجع الطلب الأوروبي على الواردات ورؤوس الأموال الأمريكية، ما أدى بدوره إلى انكماش الاقتصاد الأمريكي وتراكم مشكلات الديون وإفلاس عدد كبير من المصانع وتسريح العمال وانتشار البطالة، وانهيار ضخم في حجم الطلب المحلي وفي حجم القدرات الشرائية. وفي إطار سياسات مواجهة الأزمة، قامت الولايات المتحدة بسحب ودائعها من المصارف العالمية، وفي مقدمتها المصارف الأوروبية، ووقف استثماراتها في أوروبا، ما أدى إلى نقل الأزمة إلى اقتصادات أوروبا الغربية.

هذه الأزمة أدت إلى الإضرار ليس فقط بحجم التجارة العالمية، لكنها أضرت كذلك بمبادئ اقتصاد السوق وحرية التجارة؛ إذ اتجهت الاقتصادات الرئيسية إلى اتخاذ العديد من القرارات على حساب هذه المبادئ، شملت التوسع في الحمائية التجارية، وتأميم عدد من الشركات الكبرى، وتدخل الدولة في الأنشطة الاقتصادية، والتحول إلى الاكتفاء الذاتي، فضلاً عن انهيار النظام النقدي بسبب انهيار قاعدة الذهب وانهيار البورصات الأمريكية والأوروبية. وقد حظي توسع تدخل الدولة في الأنشطة الاقتصادية بغطاء نظري مع بدء موجة من المراجعات الفكرية للنظام الرأسمالي، خاصة تلك التي قدمها الاقتصادي البريطاني كينز، الذي انتهى إلى أنه من الخطأ الاعتماد على آلية السوق والقطاع الخاص

بشـكل كامـل لضمـان الرخـاء الاقتصـادي والتشـغيل، وأنـه لابـد مـن تدخـل الدولـة للتأثيـر ﰲ حجـم الاسـتثمار والطلـب المحلـي، مـن خـلال بعـض أدوات السياسـة المالية والنقدية، مثل تخفيض سـعر الفائـدة وإعـادة توزيـع الدخـول وزيـادة حجـم الإنفـاق العـام[13].

العامـل الثانـي، يتعلـق بالعلاقـة القويـة بيـن انهيـار النظـام الاقتصـادي والتجـاري العالمـي وحدوث تحول ﰲ هيكل النظام العالمي والسياسـات الدولية، وقدمت الأزمـة الاقتصادية العالميـة الكبـرى ﰲ الثلاثينيـات مثـالاً مهمـا لهـذه العلاقـة؛ فبالإضافـة إلـى التداعيـات الاقتصادية السـابق الإشـارة إليها، نتـج عـن الأزمـة عـدد مـن التداعيـات الاسـتراتيجية المهمة، كان أبرزها تنامـي التيـارات السياسـية اليسـارية والتيـارات القوميـة اليمينيـة ﰲ أوروبـا، ووصـول بعضهـا إلـى السـلطة؛ ففـي فرنسـا حصـل ائتـلاف الحـركات اليسـارية علـى العـدد الأكبـر مـن المقاعـد ﰲ الانتخابـات البرلمانيـة ﰲ سـنة 1932، وتحـول الائتـلاف بعدهـا إلـى «الجبهـة الشـعبية» (تحالـف الشـيوعيين والاشـتراكيين واليسـاريين) التـي حصلـت علـى الأغلبيـة أيضـاً ﰲ انتخابـات سـنة 1936. وﰲ ألمانيـا واصلـت الحركـة النازيـة (حـزب العمـال القومـي الاشـتراكي) صعودهـا بقيـادة أدولـف هتلـر، بحصولهـا علـى الأكثريـة ﰲ انتخابـات الرايخسـتاغ (البرلمـان) ﰲ يوليـو 1932، ثـم تولـي هتلـر منصـب مستشـار ألمانيا ﰲ ينايـر 1933 علـى رأس حكومـة ائتلافيـة. كمـا دعمـت الأزمـة الاقتصاديـة العالميـة وتداعياتهـا مـن سـلطة وشـعبية الحـزب الفاشـي ﰲ إيطاليـا (الحـزب الوطنـي الفاشـي) الـذي كان قـد وصـل إلـى السـلطة ﰲ عـام 1922. وكانـت النتيجـة النهائيـة لهـذه التحـولات وغيرهـا نشـوب الحـرب العالميـة الثانيـة، وتطـور نظـام عالمـي جديـد بعـد الحـرب[14].

وتميـل النظريـة إلـى تعريـف «الهيمنـة» تعريفـاً اقتصاديـاً بالأسـاس. ووفـق أحـد التعريفـات، هـي «حالـة يتـم فيهـا إنتـاج المنتجـات ﰲ الدولـة الرئيسـية ﰲ النظـام الاقتصـادي العالمـي

---

13. لمزيـد مـن التفاصيـل حـول الأزمـة الاقتصاديـة العالميـة الكبـرى وتداعياتهـا، انظـر: د. محمـد السـيد سـليم، تطـور السياسـة الدوليـة فـي القرنيـن التاسـع عشـر والعشـرين (القاهـرة: دار الفجـر الجديـد للنشـر والتوزيـع، الطبعـة الثانيـة، 2004)، ص ص 391- 409.

14. لمزيـد مـن التفاصيـل حـول هـذه العلاقـة وإعـادة تشـكيل النظـام العالمـي بعـد الحـرب العالميـة الثانيـة، انظـر: المرجـع السـابق مباشـرة، ص ص 400- 405، 475- 497.

بشـكل أكثـر كفـاءة مـن باقـي الـدول، مـا يجعلها المسـتفيد الرئيسـي في السـوق العالمـية الحرة»[15].

وجـاءت المسـاهمات الأولـى للنظريـة علـى يـد شـارليز كيندليبيرجـر في كتابـه «العالـم في كسـاد: 1929 – 1939»[16]، الـذي طـرح فيه مقولـة أساسية مفادهـا أن وجـود دولة «مهيمنـة» يُعدّ شـرطاً أساسياً لبناء نظـام اقتصادي عالمـي حر، وشـرطاً أيضاً لاسـتدامة هـذا النظام واسـتقراره. والافتـراض المطروح هنا أن بناء هـذا النظـام والحفاظ عليه يحتاج إلـى مـوارد ماليـة ليسـت بإمـكان أي دولـة توفيرهـا إلا الدولـة المهيمنة. ومـن ثم، فإن غيـاب/ أو فشـل هـذه الدولـة في توفيـر هـذه المـوارد أو عـدم قدرتهـا علـى تحمـل «التكاليـف» الضروريـة لحمايـة هـذا النظـام سـيؤدي إلـى انهيـاره، وهـو مـا حـدث خـلال أزمـة «الكسـاد العظيـم» خـلال ثلاثينيـات القـرن العشـرين، عندمـا فشـلت الولايـات المتحـدة – كمـا ذهـب كيندليبيرجـر – في تحمل التكاليف الضروروية في ذلك الوقت للحفـاظ علـى النظـام الاقتصادي العالمـي الحـر. فخـلال هـذه الفتـرة نشـأ صـدام كبيـر بـين الولايـات المتحـدة وبريطانيا وفرنسـا حـول عـدد مـن القضايـا ذات الصلـة بالنظـام التجـاري العالمـي (كان أبرزهـا أسـعار العمـلات، ومدفوعـات الديـن، وتعويضـات الحـرب)، لكـن الولايـات المتحـدة لـم تسـتطع تحمـل الأعبـاء أو فـرض الترتيبـات اللازمـة للحفـاظ علـى هـذا النظـام.

وقـد وضـع كيندليبيرجـر خمـس خدمـات أساسـية لابـد أن تقـوم بهـا «الدولـة المهيمنـة» وقت الأزمـات الاقتصادية كشـرط لنجاحهـا في الحفـاظ علـى «النظـام الاقتصادي العالمـي الحـر»، حددهـا في: ضمـان حريـة السـوق بالنسـبة للسـلع الأقـل وفـرة، وتوفيـر القـروض الطويلـة المـدى خـلال فتـرة الركـود الاقتصـادي، وتوفيـر نظـام مسـتقر لأسـعار الصـرف، وتنسـيق السياسـات الاقتصاديـة الكليـة، وأخيـراً القيـام بـدور «الملاذ الأخيـر» للحصـول

<hr>

15. لمزيد من التفصيل حول تعريفات الهيمنة، انظر:
Victor Edward Sachse, Hegemonic Stability: An Examination, A DissertationSubmitted to the Graduate Faculty of the Louisiana State University and Agricultural & Mechanical College in partial fulfillment of the requirements for the degree of Doctor of Philosophy in Political Science, USA, 1989, pp. 4-7. Available at: https://digitalcommons.lsu.edu/cgi/viewcontent. cgi?article=5739&context=gradschool_disstheses (accessed on April 1, 2021).

16. Charles P. Kindleberger, The World in Depression, 1929-1939, (Berkeley, California: University of California Press, 1973).Charles Kindleberger, "Dominance and Leadership in the International Economy", International Studies Quarterly, 25 (2), 1981, pp. 242-254.

على القروض وتوفير السيولة. ويذهب كيندليبيرجر إلى أن هناك عاملين رئيسيين وراء اضطلاع «الدولة المهيمنة» بهذه المسؤولية؛ أولهما «المسؤولية الأخلاقية»، وثانيهما أنه لا توجد دولة أخرى بإمكانها تحمُّل هذه التكاليف. ويشكك كيندليبيرجر في قدرة أي ترتيب دولي تعاوني على القيام بهذه المهمة[17].

وحسب كيندليبيرجر، فإن انهيار الهيمنة يحدث نتيجة رفض وحدات النظام الدولي الالتزام بالقواعد التي وضعتها الدولة المهيمنة لعمل النظام الاقتصادي العالمي الحر؛ ربما بسبب استغلال الدولة المهيمنة وضع الهيمنة، أو لعدم العدالة في توزيع عوائد وتكاليف النظام الاقتصادي الحر وحرية التجارة، أو نتيجة لعدم قدرة الدولة المهيمنة على تحمل تكاليف بقاء هذا النظام بسبب ارتفاع هذه التكاليف، وذلك بسبب الزيادة في التكلفة الناتجة عن حالات «الراكب الحر» (الدول المستفيدة من النظام دون تحملها تكاليف موازية)[18].

أما روبرت جيلبين فقد طور مقولاته في إطار محاولة تفسير وفهم التحولات الهيكلية أو النظامية في النظام العالمي، خاصة التحول في «حوكمة» النظام العالمي؛ بمعنى تغير الدولة المسؤولة عن وضع الأنظمة والقواعد المنظمة لعمل النظام[19]. المقولة الأساسية لدى جيلبين أن التغير الهيكلي في النظام العالمي لا يتم إلا عبر ما أسماه «حرب الهيمنة» hegemonic war، التي تهدف من ورائها الدول المتحاربة إلى الحفاظ على هيكل النظام العالمي القائم (الدولة المهيمنة)، أو بناء نظام جديد عبر التحكم في إعادة تشكيل القواعد والأنظمة الرئيسية لهذا النظام (الدول الساعية إلى بناء «هيمنة جديدة»). وتتحقق «الهيمنة» الجديدة مع قبول الجماعة الدولية للقواعد والأنظمة الجديدة. ويستند هذا القبول – وفقا لتحليل جيلبين – إلى ثلاثة أسباب، حددها في: اضطلاع الدولة المهيمنة الجديدة بتوفير «السلع الجماعية» collective goods؛ أو وجود عناصر

---

17. Matthew Gillard, "Hegemonic Stability Theory and the Evolution of the Space Weaponization Regime During the Cold War", A Thesis Submitted in Partial Fulfilment of the Requirements for the Degree of Master of Arts, Faculty of Graduate Studies (Political Studies), The University of British Columbia, August 2006, pp. 16-17.

18. Victor Edward Sachse, Hegemonic Stability: An Examination, op., cit., p. 38.

19. Robert Gilpin, The Political Economy of International Relations (Princeton: Princeton University Press, 1987).

مشتركة تجمع بين الدولة المهيمنة والدول الرئيسية (الدين، الأيديولوجيا، الثقافة)؛ وأخيراً – وهو السبب الأهم – فجوة القوة الجديدة بين الدولة المهيمنة وباقي دول الصف الثاني، التي تحول دون إقدام الأخيرة على تحدي هذه الهيمنة. ويُلاحظ هنا أن الأدوات العسكرية والحرب هي الأداة الأساسية في بناء وفرض الهيمنة.

وبعد فترة من استقرار الهيمنة، تبدأ دورة جديدة من «حرب الهيمنة»؛ حيث تبدأ القوة النسبية للدولة المهيمنة في التراجع تدريجياً لأسباب داخلية (حددها جيلبين في: ارتفاع نفقات الدفاع كنسبة من الناتج المحلي الإجمالي، وارتفاع الاستهلاك الخاص والعام على حساب الإنفاق العسكري، والتحول من الاقتصاد الصناعي إلى الاقتصاد الخدمي، وتراجع النموذج الأخلاقي، بالإضافة إلى تأثير ما يُعرف بقانون تناقص العوائد لعناصر الإنتاج)، وأخرى خارجية حددها في (تزايد تكاليف حالة الهيمنة وأعبائها، وهي مسألة تصبح أكثر تأثيراً ووضوحاً مع صعود قوة أخرى منافسة، ومن ثم تزايد تكاليف توفير السلع العامة)؛ ما يؤدي بدوره إلى تراجع حجم الفائض والعائدات الاقتصادية لحالة الهيمنة، ما ينتج عنه أيضاً عدم قدرة الدولة المهيمنة على توفير السلع العامة أو توفير الموارد اللازمة للحفاظ على حالة الهيمنة.

وعلى الجانب الآخر، فإن الدولة الصاعدة ترى – في لحظة معينة – أنه لم يعد من المقبول التسامح مع النظام القائم الذي تم تأسيسه عقب آخر «حرب هيمنة»، بسبب التغير في موازين القوى التي استند إليها النظام القائم، حيث لا تعكس قواعد «حوكمة» النظام القائم موازين القوى الفعلية الجديدة، ويصبح وضع الدولة المهيمنة وامتيازاتها موضوع تساؤل ونقاش داخل النظام العالمي، الأمر الذي يمهد لبدء «حرب هيمنة» جديدة، حيث تكون مزايا تغيير النظام القائم عبر الحرب أكبر من تكاليف قبول هذا النظام. ورغم أنه قد يكون بإمكان الدولة المهيمنة – ولو نظريا – تجنب هذه الحرب من خلال زيادة حجم التزاماتها الخارجية وحجم الموارد المخصصة للحفاظ على حالة الهيمنة والنظام القائم، لكن هذا قد لا يحدث عملياً؛ بسبب عدم قدرتها على توفير هذه الموارد عند لحظة معينة. وتكون النتيجة هي «حرب هيمنة» جديدة ودورة جديدة من الهيمنة.

ومع تركيز جيلبين على دراسة التحولات الهيكلية في النظام العالمي، فإنه لم يهمل هو الآخر محاولة تطوير نظرية مماثلة في مجال الاقتصاد السياسي من خلال التركيز

على دراسـة الشـركات المتعـددة الجنسـيات. وطـرح جيلبـين مقولـة مركزيـة مفادهـا أن الشـركات المتعـددة الجنسـيات هـي إحـدى أدوات الحفـاظ علـى حالـة الهيمنـة؛ ولأن نجـاح هـذه الشـركات يعتمـد علـى هيـكل العلاقـات السياسـية التـي تؤسسـها الدولـة المهيمنـة، فإن الأخيـرة تسـعى إلـى ضمـان إنشـاء نظـام تجـاري عالمـي حـر يقـوم علـى حريـة تدفـق الاسـتثمار الأجنبـي المباشـر.

لكن مـع تراجـع القـوة النسـبية للدولـة المهيمنـة، فـإن الاقتصـادات الأخـرى تبـدأ ﰲ تحـدي الشـركات الكبـرى المملوكـة لهـذه الدولـة (مـن ذلـك علـى سـبيل المثـال إجبـار هـذه الشـركات علـى تصديـر النسـبة الأكبـر مـن إنتاجهـا إلـى الخـارج، وتخفيـض نسـبة الأربـاح الرأسـمالية التـي يتـم تصديرهـا إلـى الدولـة الأم، وممارسـة الضغـوط عليهـا لنقـل التكنولوجيـات الجديـدة وأنشـطة البحـث والتطويـر إلـى داخـل الدولـة المضيفـة، وزيـادة نسـبة العمالـة المحليـة)؛ مـا يـؤدي إلـى تراجـع الأهميـة النسـبية للشـركات العابـرة القوميـة كأداة ﰲ يـد الدولـة المهيمنـة لتطبيـق سياسـاتها وضمـان اسـتقرار هيمنتهـا؛ مـا يـؤدي بـدوره إلـى تعديـل النظـام التجـاري العالمـي لاحتـواء مصالـح القـوى الصاعـدة. وﰲ أسـوأ السـيناريوهات ينهـار النظـام التجـاري الحـر ليبـدأ ظهـور التكتـلات التجاريـة المتصارعـة.

وهكـذا، يميـل جيلبـين إلـى النظـر إلـى عمليـة التحـول ﰲ هيـكل النظـام العالمـي عبـر دورات الهيمنـة، التـي تتـم بشـكل دوري عبـر «حـروب الهيمنـة» بيـن «الـدول المهيمنـة» علـى قمـة النظـام ودول «الصـف الثانـي» أو مـا أطلـق عليـه «الـدول التوسـعية» expanding na- tions – علـى أنهـا مواجهـة «شـبه حتميـة»، بهـدف إعـادة صياغـة الأنظمـة والقواعـد المنظمـة لعمـل النظـام العالمـي القائـم، وذلـك مـا لـم تتوصـل الأطـراف إلـى تسـوية سـلمية للقضايـا موضـوع الصـراع.

هنـاك توافـق كبيـر بيـن الاتجاهـات المختلفـة داخـل النظريـة حـول مسـألتين أساسـيتين: أولاهمـا، اعتبـار الهيمنـة شـرطاً رئيسـياً لبنـاء أو تأسـيس النظـام الاقتصـادي العالمـي الحـر. ثانيتهمـا، أن «الهيمنـة» لا تتشـكل إلا عبـر الحـرب (حـرب الهيمنـة)، إذ لـم تظهـر الهيمنـة البريطانيـة خـلال النصـف الثانـي مـن القـرن التاسـع عشـر إلا عقـب الحـروب النابليونيـة، كمـا لـم تظهـر الهيمنـة الأمريكيـة خـلال النصـف الثانـي مـن القـرن العشـرين إلا عقـب الحـرب العالميـة الثانيـة، حيـث تصبـح الحـرب هـي الأداة الرئيسـية لحـل معضلـة اختـلال التـوازن داخـل

النظام العالمي بين هيكل النظام القائم والتوزيع الفعلي للقدرات الاقتصادية والعسكرية. لكن، مع ذلك تظل هناك بعض الخلافات بين هذه الاتجاهات؛ أول هذه الخلافات يتعلق بما إذا كانت «الهيمنة» تمثل شرطاً لاستمرار النظام الاقتصادي العالمي الحر؛ إذ يرى «روبرت كيوهان» أنه رغم أن الهيمنة تمثل شرطاً لتأسيس وبناء هذا النظام لكنها لا تمثل شرطاً لاستمراره. الاختلاف الثاني يتعلق بموقع الأداة العسكرية في الحفاظ على هذا النظام؛ فبينما يذهب البعض إلى مركزية الأداة العسكرية في بناء الهيمنة والحفاظ على النظام الاقتصادي العالمي الحر، يذهب ستيفين كراسنر إلى أن الدولة المهيمنة قد تلجأ إلى استخدام القوة العسكرية لإجبار باقي وحدات النظام العالمي على تبني هذا النظام، وضمان استقرار حالة الهيمنة كشرط لضمان واستقرار النظام الاقتصادي والتجاري الحر، لكنه يؤكد أيضاً أن القوة العسكرية وحدها غير كافية، ومن ثم ليس من الضروري استخدام أو اللجوء إلى القوة العسكرية لتغيير سلوك الدول الصغيرة والمتوسطة. ويتفق معه في هذا الشأن آخرون مثل روبرت كيوهان. وفي المقابل، يؤكد «كراسنر» على أهمية الآلية الاقتصادية كآلية مهمة لبناء الهياكل التجارية الحرة، مثل تقديم الحوافز الاقتصادية والتجارية، أو العقوبات ووقف المساعدات الاقتصادية. وفي السياق ذاته يؤكد «كيوهان» أنه لا توجد حاجة لامتلاك الدولة المهيمنة قدرات عسكرية ضخمة على نطاق عالمي كشرط لاستمرار الهيمنة. لكن يلاحظ أن كلا الباحثَين لا يستبعد أهمية الأداة العسكرية كآلية للحفاظ على الهيمنة[20]. المقولات السابقة لنظرية «استقرار الهيمنة» بفروعها المختلفة تقدم مدخلاً مهماً لفهم المرحلة الراهنة في العلاقات الأمريكية – الصينية، وفرص حدوث «حرب هيمنة» بين الولايات المتحدة والصين.

1. اتجاه الصين إلى تأسيس حوكمة اقتصادية ومالية بديلة

أحد التفسيرات المهمة المطروحة لاتجاه الصين لاستحداث عدد من المؤسسات المالية، وعلى رأسها «البنك الآسيوي للاستثمار في البنية التحتية»، أن مؤسسات «بريتون وودز» (صندوق النقد والبنك الدوليين) لم تعد تعكس التوزيع الفعلي للقدرات الاقتصادية والمالية العالمية في ظل تمسك هذه المؤسسات بضمان هيمنة الولايات المتحدة والاقتصادات الغربية على توزيع القوة التصويتية داخلها، رغم التغيرات الهيكلية التي

---

20. Victor Edward Sachse, Hegemonic Stability: An Examination, op., cit., pp. 17- 19, 36-37.

طـرأت علـى توزيـع القـدرات الاقتصاديـة والماليـة منـذ إنشـاء هـذه المؤسسـات بعـد الحـرب العالميـة الثانيـة؛ مـا أدى إلـى تطـور إدراكات سـلبية لـدى الصـين والاقتصادات الناشئـة بـأن هـذه المؤسسـات تعمـل بشـكل متحيـز ضدهـا. أضـف إلـى ذلـك عـدم وجـود فرصـة حقيقيـة لإعـادة هيكلـة هـذه المؤسسـات بشـكل يعكـس الـوزن الاقتصادي والمالـي الجديـد للصـين (والاقتصادات الناشئة). وتشـير بعـض الكتابـات ـفي هـذا السـياق إلـى وقـوع الولايـات المتحـدة ـفي خطـأ تاريخـي عندمـا رفـض الكونجـرس تمريـر مشـروع إصلاح صنـدوق النقـد الدولـي الـذي أقـره مجلس محافظـي الصنـدوق (أعلـى سـلطة داخـل الصنـدوق) والـذي كان قـد تم الموافقـة عليـه سـابقاً ـفي اجتمـاع قمـة العشـرين ـفي سـيول ـفي نوفمبـر 2010. وقـد تضمـن هـذا المشـروع إعـادة هيكلـة القـوة التصويتيـة داخـل الصنـدوق، بحيـث تأتـي الصـين ـفي الترتيـب الثالـث بعـد الولايـات المتحـدة واليابـان (بجانـب منـح قـوة تصويتيـة أكبـر لـدول أخـرى مثـل البرازيـل والهنـد وروسـيا وجنـوب أفريقيـا)، وإصـلاح مجلـس المديريـن التنفيذييـن بشـكل يُحـد مـن هيمنـة دول أوروبـا الغربيـة[21].

ويذهـب بعـض أنصـار هـذا الاتجـاه صراحـة إلـى أن تأخـر تمريـر هـذا المشـروع داخـل الكونجـرس كان أحـد الأسـباب الرئيسـية وراء القـرار الصينـي إنشـاء «البنـك الآسـيوي للاسـتثمار ـفي البنيـة التحتيـة»، كبنـك دولـي متعدد الأطراف يعكـس الثقل الصينـي الحقيقي داخـل النظـام المالـي العالمي. وقـد عبـر عـن هـذا الربـط، علـى سـبيل المثـال، اسـتاذ الاقتصـاد الأمريكـي بـن شـالوم برنانكي Bernanke Shalom Ben. وتأتـي أهميـة رؤيـة برنانكي كونـه قـد شـغل أيضـاً منصـب رئيـس «الاحتياطـي الفيدرالـي الأمريكـي» لمدتـين متتاليتـين

---

21. وافـق مجلـس محافظـي صنـدوق النقـد على هذا المشـروع في ديسـمبر 2010 وقـد تضمـن الاتفـاق مضاعفة المـوارد الماليـة للصنـدوق مـن 238.4 بليـون وحـدة «حقوق سـحب خاصـة» SDR (حوالـي 329.83 بليـون دولار أمريكـي) إلـى حوالـي 477 بليـون وحـدة «حقوق سـحب خاصـة» (حوالـي 659.7 بليـون دولار)، وتحويـل مـا يزيـد علـى 6% مـن الحصـص مـن الـدول المتقدمـة وبعـض الـدول المنتجـة للنفط إلـى الاقتصـادات الصاعـدة والناميـة، بالإضافـة إلـى الاتفـاق ـلأول مـرة ـ علـى اختيـار جميـع أعضـاء المجلـس التنفيـذي بالانتخـاب، مـا يترتـب عليـه إلغـاء فئـة المديريـن التنفيذيين المعينيـن بواسـطة الـدول الخمـس الأعلـى حصصـاً فـي الصنـدوق، وتحويـل مقعديـن داخـل المجلـس التنفيـذي مـن الـدول الأوروبيـة المتقدمـة إلـى الاقتصـادات الصاعـدة بشـكل يعكـس التغييـر المقتـرح علـى توزيـع الحصـص. للاطـلاع علـى تفاصيـل هذا المشـروع انظـر:

-IMF, "IMF Quota and Governance Reform- Elements of an Agreement", prepared by the Finance, Legal, and Strategy, Policy, and Review Departments, Approved by Andrea Tweedie, Sean Hagan, and Reza Moghadam, October 31, 2010. Available at: https://www.imf.org/en/Publications/Policy-Papers/Issues/2016/12/31/IMF-Quota-and-Governance-Reform-Elements-of-an-Agreement-PP4501 (accessed on January 2, 2021).

خــلال الفتـرة (2006 –2014)[22]. كذلـك، كانـت قـد صـدرت بعـض الدراسـات الأمريكيـة المهمـة التي أوصت بضـرورة تمريـر الكونجرس للإصلاحـات المقترحـة على صنـدوق النقد الدولـي، واعتبـار هـذه الإصلاحـات شـرطاً مهمـاً لاسـتقرار النظـام الاقتصـادي والمالي العالمـي؛ مـن ذلـك – على سـبيل المثـال – تلـك الدراسـة التي كتبهـا الاقتصـادي الأمريكـي إدويـن ترومـان Edwin M. Truman في مـارس 2013 [23]، والتـي اكتسـبت أهميتهـا لكونهـا جـاءت كرسـالة «تنبيـه» قبـل الإعـلان الرسـمي عـن تأسـيس «البنـك الآسـيوي للاسـتثمار في البنيـة التحتيـة»، مـن ناحيـة، وكـون ترومـان قـد تولـى هـو الآخـر عـدداً مـن المناصب المهمـة داخـل وزارة الخزانـة، والاحتياطـي الفيدرالـي الأمريكـي. وقـد كان ترومـان صريحـاً في الإشـارة إلـى أن عـدم تمريـر الإصلاحـات المقترحـة سـيؤدي إلـى تقويـض «القيـادة الأمريكية»، بـل إنهـا سـتعزز مكانـة الولايـات المتحدة داخـل الأسـواق الناشـئة والناميـة والـدور القيـادي الأمريكـي داخـل النظـام الاقتصـادي العالمـي، وستسـاهم في التحليـل الأخيـر في الحفـاظ على مركزيـة صنـدوق النقد الدولـي داخـل هـذا النظـام.[24] وقـد أعـاد ترومـان التأكيـد علـى موقفـه ذلـك في دراسـة أخـرى صـدرت في مـارس 2018 [25].

ولعـل مـا يؤسـس للربـط بيـن موقـف الكونجـرس مـن إصـلاح صنـدوق النقـد الدولـي وقرار الصيـن إنشـاء «البنـك الآسـيوي للاسـتثمار في البنيـة التحتيـة» تعبيـر الصيـن أكثـر مـن مـرة

<hr>

22. انظر:

"U.S. Congress Pushed China into Launching AIIB, says Bernanke," Financial Times, June 2, 2015.
https://www.ft.com/content/cb28200c-0904-11e5-b643-00144feabdc0

23. Edwin M. Truman, The Congress should support IMF Governance Reform to help Stabilize the World Economy", Pertersn Institute for International Economics, Policy Breif, no. PB13-7, Washington D.C, March 2013. Available at: https://piie.com/publications/pb/pb13-7.pdf (accessed on March 10, 2021).

24. تولـى إدويـن ترومـان رئاسـة قسم الشـؤون الماليـة الدوليـة في مجلـس محافظـي «نظـام الاحتياطـي الفيدرالـي» خـلال الفتـرة (1977- 1998)، ثـم منصـب مسـاعد وزيـر الخزانـة الأمريكيـة للشـؤون الدوليـة خـلال الفتـرة (ديسـمبر 1998- ينايـر 2001)، ثـم أصبـح مستشـارًا لوزيـر الخزانـة خـلال الفتـرة (مـارس- مايـو 2009). ولـه عـدد مـن المؤلفـات الاقتصاديـة، ذات الصلـة، منهـا: «إصـلاح صنـدوق النقد الدولـي للقرن الحـادي والعشـرين» (2006)، و«اسـتراتيجية لإصـلاح صنـدوق النقد الدولـي» (2006). وللاطـلاع علـى الدراسـة المشـار إليهـا انظـر: Edwin M. Truman, "The Congress Should Support IMF Governance Reform to Help Stabilize the World Economy", Policy Breif, Peterson Institute for International Economics, Washington, DC., March 2013. Available at: https://piie.com/publications/pb/pb13-7.pdf

25. Edwin M. Truman, "18-9 IMF Quota and Governance Reform Once Again", Policy Breif, Peterson Institute for International Economics, Washington, DC., March 2018. Available at: https://piie.com/system/files/documents/pb18-9.pdf

عن «خيبة أملها» بسبب هذا الموقف رغم الدعم الدولي لحزمة الإصلاحات المطروحة على صندوق النقد وتمريرها داخل الصندوق نفسه[26].

الأمر لم يقتصر على توزيع التمثيل النسبي والقدرات التصويتية داخل مؤسسات بريتون وودز، لكنه شمل أيضا التباين الصيني- الأمريكي فيما يتعلق بالفلسفة الرئيسية الحاكمة لعمل هذه المؤسسات، أو ما يعرف بـ«توافق واشنطن»، والذي يتناقض تماماً مع المبدأ الصيني المحوري المتمثل في «عدم التدخل في الشؤون الداخلية» ورفض المشروطية السياسية والاقتصادية. وبالإضافة إلى المبادئ العشرة لتوافق واشنطن، والتي صاغت سياسات عمل مؤسسات «بريتون وودز»، فقد أضافت هذه المؤسسات مجموعة من السياسيات الإضافية؛ شملت: الاستدامة البيئية، وحقوق العمال (الحق في التفاوض الجماعي، حظر عمالة الأطفال، حظر عمالة الرقيق، القضاء على التمييز في سياسات العمل والتوظيف)، والقضاء على الفساد الحكومي[27]. ولم تكتف الولايات المتحدة بفرض ونشر هذه القيم من خلال صندوق النقد الدولي، لكنها سعت إلى نشرها من خلال اتفاقيات التجارة الدولية الثنائية والإقليمية.

وفي مقابل «توافق واشنطن»، فقد تطور ما يمكن وصفه بـ«توافق بكين»، الذي يقوم على مجموعة من المبادئ المناقضة، تقوم في جوهرها على مبدأ عدم التدخل في الشؤون

---

26. راجع تصريحات المتحدث باسم وزارة الخارجية الصيني العديدة بهذا الشأن. وللاطلاع على نماذج لهذه التصريحات انظر:

- "China urges IMF to give more power to emerging markets", Reuters, January 16, 2014. Available at: https://www.reuters.com/article/us-china-imf/china-urges-imf-to-give-more-power-to-emerging-markets-idUSBREA0E1PT20140115

- "China expresses regret at U.S. failure to pass IMF reforms", Reuters, December 12, 2014. Available at: https://www.reuters.com/article/us-china-usa-imf/china-expresses-regret-at-u-s-failure-to-pass-imf-reforms-idUSKBN0JQ0PO20141212?-feedType=RSS&feedName=worldNews

لقد أدى تأخر تصديق الكونجرس الأمريكي آنذاك على مشروع إصلاح صندوق النقد الدولي إلى عدم نفاذ المشروع؛ وذلك لأن الولايات المتحدة تهيمن على %17 من إجمالي القوة التصويتية داخل مجلس محافظي البنك، حيث يتطلب نفاذ المشروع تصديق %85 من إجمالي الكتلة التصويتية داخل المجلس.

27. Daniel C.K. Chow, "Why China Estrablished the Asia Infrastructure Investement Bank", Vanderbilt Journal of Transitional Law, Vol. 49, 2016, pp. 1278- 1279. Available at: https://www.vanderbilt.edu/jotl/wp-content/uploads/sites/78/7.-Chow_Paginated.pdf (accessed on Feb 13, 2021).

الداخليـة، ورفـض المشـروطية السياسـية والاقتصادية. وفيمـا يتعلـق بالربـط بيـن التجـارة الدوليـة والمعاييـر البيئيـة وحقوق العمـال، فإن الصيـن تعـارض بشـدة هـذا الربـط. ويرتبـط هـذا «الرفـض» بعوامـل تتعلـق بواقـع وخبـرة عمليـة التصنيـع والنمـو الاقتصادي ﰲ الصيـن، خاصـة الاعتمـاد الكثيـف علـى مصـادر الطاقـة التقليدية وﰲ مقدمتها الفحـم، الأمـر الـذي يجعـل مـن الصعـب علـى الصيـن الالتـزام بالمعاييـر أو الاشـتراطات البيئيـة للتصنيـع، أو شـروط بيئـة العمـل. وﰲ المقابـل، تتمسـك الصيـن بحـق كل دولـة ﰲ اختيـار سياسـاتها التنمويـة، وحقهـا ﰲ تحديـد التـوازن بيـن التنميـة الصناعيـة وحمايـة البيئـة حسـب احتياجاتها وظروفها الداخليـة، باعتبـار ذلك مـن الحقـوق السـيادية للدولـة. بتعبيـر آخـر، فـإن الربـط بيـن التجـارة العالميـة والبيئـة وسـوق العمـل ينطـوي علـى تهديـد كبيـر لنصيـب الصيـن مـن التجـارة العالميـة، خاصـة ﰲ حالـة تحويـل هـذه المعاييـر إلـى التزامـات قانونيـة دوليـة.

وتجـدر الإشـارة هنـا أن الصيـن لا تعـارض مـن حيـث المبـدأ حمايـة البيئـة أو تحسيـن شـروط العمـل، لكنهـا ترفـض، أولاً، ربـط هـذه المبـادئ بالتجـارة الدوليـة أو بتدفقـات القـروض والاسـتثمار. وتتمسـك، ثانيـاً، بتحسـن معاييـر البيئـة والاشـتراطات البيئيـة لعمليـات التصنيـع والتنميـة وفقـاً للأجنـدات الوطنيـة والظـروف الداخليـة لـكل دولـة. وترفـض بشـكل خـاص فـرض هـذه المعاييـر مـن خـلال اتفاقيـات التجـارة الدوليـة الأمريكيـة -الثنائيـة أو الإقليميـة- مـع العالـم الخارجـي. الأمـر ذاتـه فيمـا يتعلـق بحقـوق العمالـة، حيـث تعتبـر الصيـن هـذه الحقـوق جـزءاً مـن حقـوق الإنسـان التـي تعتبرهـا بدورهـا حقـاً مـن حقـوق السـيادة، ومـن ثـم يحـق لأي دولـة تحديـد كيفيـة حمايـة حقـوق الإنسـان، ومـن ضمنهـا حقـوق العمالـة، وهـي مسـألة نسـبية تختلـف مـن دولـة إلـى أخـرى، وتعتمـد علـى مرحلـة التنميـة الاقتصاديـة والاجتماعيـة والسياسـية التـي تمـر بهـا الدولـة[28].

وأخيـراً، يمكـن الإشـارة إلـى مكـون آخـر ﰲ العقيـدة الصينيـة يتناقـض مـع توافـق واشـنطن، يتمثـل ﰲ مركزيـة الشـركات الصينيـة المملوكة للحكومـة الصينيـة، ليـس فقـط ﰲ إدارة عمليـة التنميـة والتصنيـع، ولكـن ﰲ مجـالات التجـارة الخارجيـة والاسـتثمار الأجنبـي المباشـر، وهـو أمـر يتناقـض مـع مبـدأي الخصخصـة وتحجيـم دور الدولـة ﰲ توافـق واشـنطن.

---

28. Daniel C.K. Chow, "Why China Estrablished the Asia Infrastructure Investement Bank", op., cit., p. 1282.

ولم يقتصر نقد توافق واشنطن على بكين فقط، لكنه جاء أيضاً من جانب اقتصاديين غربيين أبرزهم جوزيف ستيجليتز Joseph Stiglitz، أحد الاقتصاديين المهمين الذين عملوا في البنك الدولي والحاصل على جائزة نوبل في الاقتصاد. وتركز نقد ستيجليتز في عدد من النقاط الرئيسية؛ فمن ناحية، يرى ستيجليتز أن معايير/ مبادئ «توافق واشنطن» يتم تطبيقها بشكل جامد لا يراعي الظروف الداخلية لكل دولة. ومن ناحية ثانية، فإن هذه المبادئ تكون معنية بضمان استعادة القروض المقدمة للدولة المستقبلة أكثر من اهتمامها بالعوائد الاقتصادية التنموية لهذه القروض، كما أنها لا تعطي وزناً كافياً للتكاليف الاجتماعية للسياسات الاقتصادية والمالية المطبقة. ومن ناحية ثالثة، فإن برامج الإصلاح الاقتصادي (مثل الخصخصة، وتعويم العملة المحلية) قد تؤدي إلى ارتفاع التكاليف السياسية في شكل الاضطرابات السياسية والاجتماعية على نحو قد يؤدي إلى انهيار النظام الحاكم أو انهيار شرعية النخبة الإصلاحية. وينتهي ستيجليتز إلى أن البنك وصندوق النقد الدوليين لا يعملان في حقيقة الأمر كبنوك عالمية بقدر ما يعملان كأدوات لفرض الإصلاحات السياسية والاقتصادية على الدول النامية وفق أجندة أمريكية. ويؤكد ستيجليتز أن «توافق واشنطن» لا يتناسب، بشكل خاص، مع الدول التي تمر بالمراحل الأولى من عملية التنمية[29].

وهكذا، فقد تأكدت الحاجة الصينية لتأسيس «حوكمة اقتصادية ومالية» بديلة، أو موازية، للحوكمة المالية -الأمريكية/ الغربية- القائمة، والتي تهيمن عليها الولايات المتحدة ومجموعة السبع الصناعية، ليس فقط بالنظر إلى ما تأكد من صعوبة تعديل توزيع القدرات التصويتية داخل هذه المؤسسات، ولكن بالنظر أيضاً إلى صعوبة تغيير الفلسفة الرئيسية الحاكمة لعمل هذه المؤسسات، وهو ما دفع بالصين إلى بناء مؤسسات بديلة تؤسس لنمط مغاير من «الحوكمة» الاقتصادية والمالية، وتضمن من خلالها تمثيلاً فعلياً لهيكل توزيع القدرات الاقتصادية والمالية.

---

29. نقلا عن:
Ibid., pp.1278-1279.

ولا تقتصـر حالـة «عـدم الرضـا» تلك، فيمـا يتعلـق بمسـتوى التمثيـل داخـل هـذه المؤسسـات، على الصـين فقـط، لكنهـا تمتـد إلـى الاقتصـادات الناشـئة بشـكل عـام. فقـد حـدث تراجـع في نصيـب الولايـات المتحـدة مـن إجمالـي النـاتج العالمـي مـن 39.6% في سـنة 1960 (بعـد سـت سـنوات مـن تأسـيس نظـام بريتـون وودز) إلـى 30.6% في سـنة 2000، ثـم إلـى 24% في 2017. كمـا تراجعـت حصـة دول الاتحـاد الأوروبـي مـن 26.2% في سـنة 1960 إلـى 21.4% في سـنة 2017. وفي المقابـل، ارتفعـت حصـة الصـين مـن 4.4% فقـط في سـنة 1960 إلـى 15% في سـنة 2017. كمـا ارتفعـت حصـة الهنـد مـن 2.7% إلـى 3.3%، وارتفعـت حصـة البرازيـل مـن 1.1% إلـى 2.5%، خـلال السـنوات ذاتهـا.

نتيجـة لهـذه التحـولات الهيكليـة في توزيـع القـدرات الاقتصاديـة العالميـة، أضحـت مسـألة إصـلاح صنـدوق النقـد الدولـي جـزءاً مـن خطـاب حكومـات الاقتصـادات الناشـئة والمجموعـات الاقتصاديـة الجديـدة، وعلـى رأسـها مجموعـة العشـرين التـي أقـرت في نوفمبـر 2010 مشـروعاً لإصـلاح صنـدوق النقـد الدولـي[30]، والـذي أقـره الأخيـر في ديسـمبر مـن العـام نفسـه.

وكانـت هنـاك محاولـة لوضـع معادلـة جديـدة لتحديـد الحصـص والأوزان النسـبية للـدول الأعضـاء داخـل صنـدوق النقـد الدولـي خـلال المراجعـة الحاديـة عشـرة المنتهيـة في 30 ينايـر 1998، لكـن لـم يتـم إقـرار التوصيـات المرفوعـة مـن جانـب اللجنـة المعنيـة. ولـم يحـدث أي تغييـر في الحصـص إلا في سـبتمبر 2006، عندمـا تـم الاتفـاق علـى زيـادة حصـص أربـع دول فقـط، هـي: الصـين، وكوريـا الجنوبيـة، والمكسـيك، وتركيـا؛ مـا أدى إلـى حـدوث تغييـر طفيـف في توزيـع الحصـص والقـوة التصويتيـة؛ حيـث تراجـع إجمالـي حصـص الـدول المتقدمـة مـن 61.6% إلـى 60.5% (بانخفـاض قـدره 1.1%). كذلـك، انخفضـت القـوة التصويتيـة الإجماليـة لهـذه الفئـة مـن 60.6% إلـى 57.9% (بانخفـاض قـدره 2.7%)، وتراجعـت القـوة التصويتيـة للولايـات المتحـدة مـن 17% إلـى 16.7%. وتراجـع إجمالـي حصـص الاتحـاد الأوروبـي مـن 32.9% إلـى 31.9% (بانخفـاض قـدره 1%)، وتراجـع

---

30. لمزيد من المعلومات، راجع الوثيقة الأساسية للقمة وإعلانها الختامي:
- The G20 Seoul Summit, "The Seoul Summit Document", Seoul, November 12, 2010. vailableat:http://www.g20.utoronto.ca/2010/g20seoul-doc.pdf (accessed on March 20, 2021).
- "The G20 Seoul Summit Leaders's Declaration", Seoul, November 11- 12, 2010. Available at: http://www.g20.utoronto.ca/2010/g20seoul.pdf (accessed on March 20, 2021).

إجمالـي القـوة التصويتيـة لـدول الاتحـاد مـن 32.5% إلـى 30.9% (بانخفـاض قـدره 1.6%). وﯾ المقابـل، زاد إجمالـي حصـص الاقتصـادات الناشـئة والناميـة مـن 38.4% إلـى 39.5% (بزيـادة قدرهـا 1.1% فقـط). وزادت القـوة التصويتيـة الإجماليـة للفئـة ذاتهـا مـن 39.4% إلـى 42.1% (بزيـادة قدرهـا 2.7%). راجـع بيانـات الجدولـين رقـم (1)، ورقـم (2).

ولـم تسـتطع أي مـن المراجعتـين الثانيـة عشـرة، المنتهيـة ﯾ ينايـر 2003 [31]، والثالثـة عشـرة المنتهيـة ﯾ ينايـر 2008 [32]، التوصـل إلـى صيغـة أو معادلـة محـددة لمراجعة نظـام الحصـص والقـوة التصويتيـة. وظلـت مسـألة مراجعـة هـذا النظـام قيـد النقـاش حتـى نجحـت المراجعـة الرابعـة عشـرة ﯾ التوصـل إلـى معادلـة جديـدة لنظـام الحصـص والقـوة التصويتيـة ﯾ ربيـع 2008، تم بنـاء عليهـا وضـع مشـروع لتوزيـع الحصـص والقـوة التصويتيـة، وتم إقـراره مـن جانـب مجلـس محافظـي الصنـدوق ﯾ ديسـمبر 2010 [33]، لكـن لـم تصبـح هـذه التعديـلات نافـذة إلا ﯾ 26 ينايـر 2016 بسـبب تأخـر التصديـق علـى الاتفاقيـة المنظمـة لهـذه المراجعـة ونتائجهـا مـن جانـب عـدد مـن الـدول، وعلـى رأسـها – كمـا سـبق القـول – الولايـات المتحـدة، إذ لـم يصـدق الكونجـرس علـى هـذه التعديـلات إلا ﯾ منتصف ديسـمبر 2015.

---

31. لمزيد من المعلومات، انظر:
- IMF, "Twelfth General Review of Quotas- Draft Report of Executive Directors to the Board of Governors", prepared by the Treasurer's Department, November 18, 2002. Available at: https://www.imf.org/external/np/tre/quota/2002/eng/111802.htm (accessed April 2, 2021).
IMF, "Press Release: IMF Board of Governors Approves Conclusion of Quota Review", February 4, 2003. Available at: https://www.imf.org/en/News/Articles/2015/09/14/01/49/pr0314 (accessed on April 2, 2021).

32. لمزيد من المعلومات، انظر:
- IMF, "International Monetary Fund Thirteenth General Review of Quotas- Assessing the Adequacy of Fund Resources", prepared by the Finance Department (In consultation with other departments), approved by Michael G. Kuhn, November 27, 2007. Available at: https://www.imf.org/external/np/pp/2007/eng/112707a.pdf (accessed on April 2, 2021).
- IMF, "Press Release: IMF Executive Board Recommends to Governors Conclusion of Thirteenth General Quota Review", Available at: https://www.imf.org/en/News/Articles/2015/09/14/01/49/pr0802 (accessed on April 3, 2021).

33. Edwin M. Truman, "The Congress Should Support IMF Governance Reform to Help Stabilize the World Economy", op., cit., p. 3.

وقد نتج عـن هـذه المراجعـة بعـض التغييـرات في اتجـاه التصحيـح النسبي للخلـل في التمثيـل والحوكمـة داخل صنـدوق النقد، أبرزهـا تراجـع إجمالـي حصـص الاقتصـادات المتقدمـة مـن 60.5% إلـى 57.7% (بانخفـاض قـدره 2.8%)، حيـث تراجـع إجمالـي القـوة التصويتيـة لمجموعـة السبع الصناعيـة مـن 45.3% إلـى 43.4% (بانخفـاض قـدره 1.9%)، وتراجعـت القـوة التصويتيـة لباقـي الاقتصـادات المتقدمـة مـن 15.1 إلـى 14.3% (بانخفـاض قـدره 0.8%)، وتراجعـت حصـة الولايـات المتحدة مـن 17.7% إلـى 17.4% (بانخفـاض قـدره 0.3% فقـط). وتراجعـت القـوة التصويتيـة للاقتصـادات المتقدمـة مـن 57.9% إلـى 55.3% (بانخفـاض قـدره 2.6%)، وتراجعـت القـوة التصويتيـة للـدول السبع الصناعيـة مـن 43% إلـى 41.2% (بانخفـاض قـدره 1.8%)، وتراجعـت القـوة التصويتيـة لباقـي الاقتصـادات المتقدمـة مـن 14.9% إلـى 14.1% (بانخفـاض قـدره 0.8% فقـط). وتراجعـت القـوة التصويتيـة للولايـات المتحـدة مـن 16.7% إلـى 16.5% (بانخفـاض قـدره 0.2% فقـط). وفي المقابل، زادت الحصـة الإجماليـة للاقتصـادات الناميـة والناشـئة مـن 39.5% إلـى 42.3% (بزيـادة قدرهـا 2.8%). وزادت القـوة التصويتيـة للفئـة ذاتهـا مـن 42.1% إلـى 44.7% (بزيـادة قدرهـا 2.6%). راجـع بيانـات الجـدول رقـم (1).

لكـن، مـع أهميـة هـذا التعديـلات يلاحـظ، أولاً، أن حجـم الزيـادة في الحصـص والقـوة التصويتيـة للاقتصـادات الناميـة والناشـئة (معـاً) ظلـت محـدودة ولا تعكـس تغيـراً هيكليـاً في الـوزن النسبي للاقتصـادات الناشـئة داخـل عمليـة صنـع القـرار، إذ ظـل حجـم الزيـادة في حصتهـا (مـع الـدول الناميـة) 2.8%، والأمـر ذاتـه فيمـا يتعلـق بقوتهـا التصويتيـة (مـع الـدول الناميـة أيضاً) حيـث لـم تتجـاوز الزيـادة 2.6%. ثانيـاً، أنهـا لـم تنـل مـن موقـع الـدول الصناعيـة السبع بشكـل عـام، والولايـات المتحـدة الأمريكيـة بشكـل خـاص والتـي ظلـت تتمتـع بقـوة تصويتيـة تسـمح لهـا بممارسـة حـق الفيتـو داخـل الصنـدوق.

وإزاء هـذه الملاحظـات ظلـت حالـة عـدم الرضـا قائمـة داخـل الاقتصـادات الناشـئة حـول هـذه التغييـرات؛ مـا دفـع مجموعـة العشـرين إلـى الاهتمـام بهـذه المسـألة، والتمسـك بضـرورة إعـادة النظـر في معادلـة تحديـد الأوزان الاقتصـاديـة والحصـص التـي كان قـد تم التوصـل إليهـا في سنـة 2008 والتـي تم علـى أساسـها تحديـد الحصـص والقـوة التصويتيـة للـدول الأعضـاء في المراجعـة الرابعـة عشـرة[34]، في هـذا

---

34. لمزيـد مـن المعلومـات حـول النقـاش الـذي دار داخـل مجموعـة العشـرين علـى هـذه القضيـة، انظـر علـى سـبيل المثـال:

- "G20 Leaders' Declaration: Shaping an Interconnected World", July 8, 2017, Hamburg. Available at: http://www.g20.utoronto.ca/2017/2017-G20-leaders-declaration.html (ac-

السياق تم الاتفاق في أكتوبر 2009 على مراجعة معادلة 2008، ووضع معادلة جديدة بحلول يناير 2013 (تم الانتهاء منها بالفعل)، الأمر الذي دشن لبدء المراجعة الخامسة عشرة التي لاتزال جارية حتى الآن[35]، ويتوقع أن تجد نتائجها معارضة شديدة من جانب الاقتصادات المتقدمة بشكل عام، والولايات المتحدة بشكل خاص، خوفاً من تجريدها من حق الفيتو داخل الصندوق.

الجـدول (1): توزيـع الحصـص والقـوة التصويتيـة داخـل صنـدوق النقـد الدولـي خـلال المراجعـات الثـلاث الأخيـرة

القوة التصويتية			الحصص			المجموعة الدولية/ الدولة
بعد إقرار المراجعة الرابعة عشرة (ديسمبر 2010)*	بعد تعديلات سنغافورة (2006)	قبل تعديلات سنغافورة (2006)	بعد إقرار المراجعة الرابعة عشرة (ديسمبر 2015)	بعد تعديلات سنغافورة (2006)	قبل تعديلات سنغافورة (2006)	
55.3	57.9	60.6	57.7	60.5	61.6	1- الاقتصادات المتقدمة
41.2	43	45.1	43.4	45.3	46	أ- مجموعة السبع الصناعية
16.5	16.7	17	17.4	17.7	17.4	- الولايات المتحدة
24.7	26.3	28.1	26	27.7	28.6	- باقي الدول الصناعية الست

cessed on April 3, 2021).

- "G20 Leaders' Declaration: Building Consensus for Fair and Sustainable Development", Buenos Aires, Argentina, December 1, 2018. Available at: http://www.g20.utoronto. ca/2018/2018-leaders-declaration.html (accessed on April 3, 2021).

35. لمزيد من المعلومات حول هذه المراجعة، انظر:
Drazen RAKIC, "The International Monetary Fund: 15th General Review of Quotas", Policy Department for Economic, Scientific and Quality of Life Policies, European Parliament, PE 631.059, April 2019. Available at: http://www.europarl.europa.eu/RegData/etudes/ BRIE/2019/631059/IPOL_BRI(2019)631059_EN.pdf (accessed on April 2, 2021).

المجموعة الدولية/ الدولة	قبل تعديلات سنغافورة (2006)	بعد تعديلات سنغافورة (2006)	بعد إقرار المراجعة الرابعة عشرة (ديسمبر 2015)	قبل تعديلات سنغافورة (2006)	بعد تعديلات سنغافورة (2006)	بعد إقرار المراجعة الرابعة عشرة (ديسمبر 2010)*
	الحصص			القوة التصويتية		
ب- باقي الاقتصادات المتقدمة	15.6	15.1	14.3	15.4	14.9	14.1
2- الاقتصادات الناشئة والنامية	38.4	39.5	42.3	39.4	42.1	44.7
أ- الدول النامية	30.9	32.4	35.1	31.7	34.5	37
- أفريقيا	5.5	4.9	4.4	6	6.2	5.6
- آسيا	10.3	12.6	16.1	10.4	12.8	16.1
- الشرق الأوسط ومالطا وتركيا	7.6	7.2	6.7	7.6	7.3	6.8
- باقي الدول النامية	7.5	7.7	7.9	7.7	8.2	8.4
ب- الاقتصادات المتحولة	7.6	7.1	7.2	7.7	7.6	7.7
الإجمالي (2+1)	100%	100%	100%	100%	100%	100%
الاتحاد الأوروبي (27 دولة)	32.9	31.9	30.2	32.5	30.9	29.4

* أصبحت هذه التعديلات نافذة في 26 يناير 2016 بعد اكتمال تصديق عدد الدول والقوة التصويتية اللازمة.

Source: IMF, "IMF Quota and Governance Reform- Elements of an Agreement", prepared by the Finance, Legal, and Strategy, Policy, and Review Departments, op., cit., p. 11.

الجـدول (2): حجـم التغيـر فـي مسـاهمة الناتـج المحلـي إلـى الناتـج العالمـي (٭) خـلال الفتـرة بيـن المراجعـة الرابعـة عشـرة (2010) ومـا بعدهـا بالنسـبة لعـدد مـن الـدول والمجموعـات الدوليـة

حجم التغير (%)	الحصة في الناتج المحلي الإجمالي العالمي		الحصة quota وفقاً للمراجعة الرابعة عشرة (%)	الدولة/ المجموعة الدولية
	أثناء المراجعة الرابعة عشرة (%)	2015-2017 (%)		
10.66+	28.76	39.41	28.33	الدول غير المتقدمة (18 دولة)
12.49−	60.37	47.88	55.11	الدول المتقدمة (17 دولة)
6.85−	23.85	17.01	25.56	الاتحاد الأوروبي (11 دولة)
5.65−	36.52	30.87	29.55	دول متقدمة أخرى (6 دول)
2.88−	23.9	21.02	17.4	الولايات المتحدة
7.8+	8.52	16.32	6.39	الصين
2.09−	7.59	5.5	6.46	اليابان
1.22−	5.33	4.11	5.58	ألمانيا
1.19−	4.08	2.89	4.23	فرنسا
1.15−	4.2	3.05	4.23	المملكة المتحدة
1.77+	3.01	4.79	2.75	الهند

(٭) محسوب على أساس 60% لحجم الناتج المحلي الإجمالي مقوماً بالأسعار الجارية، 40% مقوماً بمعادل القوة الشرائية.

Source: Edwin M. Truman, "18-9 IMF Quota and Governance Reform Once again", Policy Brief, pp. 5-6.

ومن ثم، وفي ضوء العقبات التي مازالت تواجه إدخال إصلاحات جوهرية على صندوق النقد، وفي ضوء تطور الفجوة بين توزيع القوة التصويتية داخل الصندوق، من ناحية، ونمط توزيع القدرات الاقتصادية والمالية العالمية، من ناحية ثانية، لم يقتصر الأمر على قرار الصين بإنشاء «البنك الآسيوي للاستثمار في البنية التحتية»، لكنه شمل أيضاً قرار مجموعة «بريكس» BRICS بإنشاء «بنك التنمية الجديد» NDB، و«صندوق البريكس لاحتياطيات النقد الأجنبي»؛ ما يعني أن التحول إلى إنشاء «حوكمة مالية» بديلة هو جزء من توجه عام داخل الاقتصادات الناشئة، وليس من جانب الصين فقط.

ولم يقتصر سعي الصين على إنشاء «حوكمة» بديلة عن النظام المالي فقط، لكنه اتسع ليشمل مجالات وظيفية أخرى مهمة؛ مثل الطاقة، كما كشفت عنه وثيقة «رؤية وخطط عمل لتعاون الطاقة للبناء المشترك للحزام الاقتصادي لطريق الحرير وطريق الحرير البحري للقرن الحادي والعشرين»، الصادرة في مايو 2017، عن «اللجنة الوطنية للتنمية والإصلاح» و«الإدارة الوطنية للطاقة»، والتي تستهدف ضمن أهدافها المتعددة بناء هيكل أفضل للحوكمة العالمية في مجال الطاقة، سواء من خلال استحداث بعض الأطر لإدارة التعاون في هذا المجال أو من خلال التأسيس لمفهوم متكامل لأمن الطاقة، والتأسيس لحق الصين في القيام بدور أوسع وأكثر فاعلية في هذا المجال[36]. الأمر نفسه يصدق على المجال البحري، كما كشفت عن ذلك وثيقة «رؤية للتعاون البحري في بناء الحزام والطريق»، الصادرة في يونيو 2017، عن «اللجنة الوطنية للتنمية والإصلاح» بالتعاون مع «المصلحة الوطنية للبحار والمحيطات»، والتي تضمنت – ضمن المجال الخامس من مجالات عمل الوثيقة – التشارك في «الحوكمة البحرية» وتوسيع مجالاتها، من خلال إنشاء آلية حوار رفيع المستوى للتعاون البحري بين الدول الواقعة على مسار مبادرة الحزام الطريق، وتوقيع سلسلة من وثائق التعاون البحري بين الحكومات[37].

---

36. The National Development and Reform Commission (NDRC) and the National Energy Administration, "Visions and Actions on Energy Cooperation in Jointly Building Silk Road Economic Belt of 21st Century Maritime Silk Road", May 16, 2017. Available at: https://eng.yidaiyilu.gov.cn/zchj/qwfb/13754.htm (accessed on Jan. 30, 2021).

37. National Development and Reform Commission (NDRC) and the State Oceanic Administration, "Vision for Maritime Cooperation under the Belt and Road Initiative", 20 June 2017. Available at: https://www.yidaiyilu.gov.cn/wcm.files/upload/CMSydyl-gw/201706/201706200153032.pdf (English Version) Accessed on Jan. 20, 2021.

2. تعمق الإدراك السلبي الأمريكي للصين كقوة صاعدة

إن سعي الصين لإنشاء حوكمة/ حوكمات بديلة أدى إلى تعميق الإدراكات السلبية الأمريكية تجاه صعود الصين بوصفها مصدر تهديد للهيمنة الأمريكية. وقد انعكست هذه الإداركات في العديد من الوثائق والممارسات والسلوكيات الأمريكية، بدءاً من وثيقة الأمن القومي الأمريكي لسنة 2017، التي سبق الإشارة إليها، وممارسة الضغوط على الحلفاء الأوروبيين لمنع انضمامهم إلى «البنك الآسيوي للاستثمار في البنية التحتية». إن تحميل بعض الاقتصاديين والمسؤولين الأمريكيين الكونجرس الأمريكي مسؤولية اعتماد الصين بناء نظام مالي عالمي بديل أو حوكمة مالية بديلة، قد ارتبط بتطور قراءات أمريكية أكدت على اعتبار تأسيس «البنك الآسيوي للاستثمار في البنية التحتية» بمنزلة انهيار لدور الولايات المتحدة كـ«ضامن» للنظام الاقتصادي العالمي. كما اعتبرت بعض هذه الكتابات إنشاء البنك بمنزلة أول تحدٍّ حقيقي للدور الأمريكي داخل النظام الاقتصادي العالمي منذ مؤتمر «بريتون وودز» سنة 1944، وأن فشل الولايات المتحدة في إقناع حلفائها التقليديين بعدم الانضمام للبنك كان بمثابة «كارثة دبلوماسية»، على نحو يفرض مراجعة شاملة للاستراتيجية الأمريكية تجاه النظام الاقتصادي العالمي. وقد عبر عن هذه الرؤية، على سبيل المثال، لورانس سامرز Lawrence Summers، استاذ الاقتصاد الأمريكي ورئيس جامعة هارفارد ووزير الخزانة الأمريكية الأسبق، وآخرون[38].

---

38. Lawrence Summers, "A global wake-up call for the U.S.?", **Washington Post**, April 5, 2015. Available at: https://www.washingtonpost.com/opinions/a-global-wake-up-call-for-the-us/2015/04/05/6f847ca4-da34-11e4-b3f2-607bd612aeac_story.html?utm_term=.08dd87a5e72c

وقد مثل انضمام المملكة المتحدة إلى البنك صدمة كبيرة للولايات المتحدة، خاصة أنها أدارت المفاوضات مع الصين حول الانضمام للبنك بشكل سري، ولم يتم إعلام الولايات المتحدة إلا قبل 24 ساعة فقط من الانضمام الرسمي. وقد تبع ذلك موجة نقد شديدة لإدارة أوباما داخل الصحافة الأمريكية. فقد نظر البعض إلى الخطوة البريطانية باعتبارها نقطة تحول في التوجهات البريطانية من «شريك استراتيجي» للولايات المتحدة إلى «تابع للصين» "Chinese lapdog". وقد حرصت الصين على مكافأة بريطانيا على هذه الخطوة المهمة من جانبها وعدم انصياعها للضغوط الأمريكية، عبر عن ذلك قيام الرئيس الصيني «شي جين بينغ» بزيارة مهمة للمملكة المتحدة استغرقت مدة 4 أيام (21- 24 أكتوبر 2015)، تم خلالها توقيع صفقات اقتصادية وتجارية بقيمة 62 بليون دولار. لكن الأهم هو ما شملته هذه الصفقات من فتح المجال أمام الاستثمارات الصينية في قطاع الطاقة النووية في المملكة المتحدة، في سابقة تعتبر هي الأولى من نوعها لنفاذ شركات صينية إلى قطاع الطاقة النووية الأوروبية. فقد تم الاتفاق على استحواذ «الشركة العامة النووية الصينية» General Nuclear Corporation ((CGN)) - المملوكة للحكومة الصينية - على ثلث الاستثمارات المخططة في «محطة هينكلي بوينت النووية» Hinkley Point (بواقع 6 بلايين جنيه إسترليني من التكلفة الإجمالية المقدرة بحوالي 18 بليون جنيه إسترليني)، واستحواذ الشركة نفسها على ثلثي الاستثمارات المخططة في محطة «براديل النووية» Bradwell شرق لندن،

وتطورت في المقابل قائمة كبيرة من الكتابات الأمريكية التي عبرت عن تطور إدراكات سلبية لخطوة تأسيس البنك. وتطور في هذا الإطار عدد من المقولات المهمة:

المقولة الأولى، تلك التي ذهبت إلى أن الصين سوف تستخدم البنك في تحقيق مصالحها وفرض قيمها وسياساتها بنفس الطريقة التي استخدمت بها الولايات المتحدة وحلفائها مؤسسات بريتون وودز. وأنه على العكس من محاولة الولايات المتحدة فرض سياسات «توافق واشنطن»، وقواعد الشفافية، وحقوق العمال، وحماية البيئة، فإن البنك سيتحول إلى أداة رئيسية في يد الحزب الشيوعي الصيني لتحقيق مصالحه وفرض القيم الصينية.

وتستند وجهة النظر هذه إلى عدد من المؤشرات، أبرزها هيمنة الحزب الشيوعي الصيني على المؤسسات والهيئات الحكومية وغير الحكومية في الصين، من خلال هيمنة قيادات وكوادر الحزب على المواقع القيادية داخل هذه المؤسسات. والمثال الأبرز هو اضطلاع المسؤولين الرسميين داخل الحكومة بمواقع قيادية داخل الحزب، حيث يحتل الموقع الحزبي أولوية بالمقارنة بالموقع الحكومي، بما في ذلك الرئيس الصيني نفسه، فهو رئيس الدولة لكن موقعه كأمين عام للجنة المركزية للحزب الشيوعي الصيني يعلو موقعه كرئيس

= حيث سيتم بناء مفاعل صيني التصميم، بالإضافة إلى 20% من الاستثمارات في محطة نووية ثالثة (-Size well Nuclear Plant). وبجانب العوائد المالية المتوقعة للجانبين، فإن هذه الصفقات النووية تمثل فرصة لنفاذ التكنولوجيات النووية الصينية إلى أوروبا، كما تحمل دلالات مهمة على تراجع التخوفات الأوروبية من الصعود الصيني، وتراجع القناعة الأوروبية بنظرية التهديد الصيني. لمزيد من التفاصيل حول هذه الزيارة والصفقات التي تم توقيعها خلالها، انظر:

"China's Xi seals nuclear power deal as part of $62 billion splurge in Britain", Reuters, October 21, 2015. Available at: https://www.reuters.com/article/us-china-britain/chinas-xi-seals-nuclear-power-deal-as-part-of-62-billion-splurge-in-britain-idUSKCN0SF0Q720151021 (accessed on March 13, 2021).

ولمزيد من ردود فعل الصحافة الأمريكية، انظر على سبيل المثال:

- David R. Sands, "Diplomatic disaster: Obama humiliated by allies' rush to join China's new bank… Britain, France, Germany, Italy sign on as Beijing courts Australia, South Korea", The Washington Times, March 18, 2015. Available at: https://www.washingtontimes.com/news/2015/mar/18/obama-humiliated-as-allies-join-chinas-asian-infra/ (accessed on March 13, 2021).
- "The Asian Infrastructure Investment BankAmerican poodle to Chinese lapdog? America and Britain at odds over how to deal with China", The Economist, Mar 13, 2015. Available at: https://www.economist.com/news/2015/03/13/american-poodle-to-chinese-lapdog (accessed on March 13, 2021).

للدولـة، فضـلاً عـن كونـه رئيسـاً للجنـة العسكرية المركزية للحـزب، التـي تهيمـن على الجيـش الصينـي. وفي بعـض الحـالات يكـون هنـاك تطابـق بـين الموقعـين الحزبـي والحكومـي، مثـل اللجنـة العسكرية المركزية لجمهورية الصـين الشـعبية، فهـي كيـان حزبـي لكنهـا في الوقت ذاتـه هيئـة حكوميـة مركزيـة. وبمعنـى آخـر، فـإن المصـدر الحقيقـي لسـلطات الرئيس الصينـي يتمثـل في جمعـه بـين مواقـع حزبيـة ثلاثة مهمـة؛ هـي: أمانـة اللجنـة المركزية للحـزب الشيوعي، ورئاسـة اللجنـة العسكرية المركزية للحـزب، ورئاسـة اللجنـة العسكرية المركزية لجمهوريـة الصـين الشـعبية. مـن ناحيـة أخـرى، يأخـذ الازدواج في السـلطة شـكلاً آخـر مـن خـلال وجـود كيانـات/ قيـادات حزبيـة موازيـة للقيـادة الحكوميـة التكنوقراطيـة، مثـل وجـود ممثـل للحـزب الشيوعي داخـل الجامعـات بجانـب موقـع رئيـس الجامعـة، حيـث تقـع في يـد الأول السـلطات الحقيقيـة.

ووفقـاً لهـذا الاتجـاه، فـإن «البنك الآسيوي للاستثمار في البنية التحتيـة» لا يمثل استثـاء مـن هـذه التقاليـد الصينيـة، فرئيس البنـك جـين ليكـوان Jin Liquan هـو قيـادي سـابق داخـل الحـزب الشيوعي، وتـدرج في عـدد مـن المناصب الحكوميـة المهمـة، داخـل الصـين وخارجهـا، ولا يمكـن استبعاد أن الدفـع بـه كمرشـح لرئيس البنـك قـد تـم أولاً عبـر الحـزب الشـيوعي الصينـي [39].

والواقـع أن هـذه التخوفـات الأمريكيـة تسـتند أيضـاً إلـى العديـد مـن المؤشـرات الفعليـة حـول آليـات عمـل البنـك والتـي توفـر فـرص كثيـرة لهمينـة الصـين علـى البنـك، خاصـة أن بعـض هـذه الآليـات جـاءت مغايـرة لتلـك المعمـول بهـا داخـل البنـوك والمؤسسـات المالية المتعددة الأطـراف، وعلـى رأسـها صندوق النقد الدولـي والبنـك الدولـي [40].

---

39. Daniel C.K. Chow, "Why China Estrablished the Asia Infrastructure Investement Bank", op., cit., pp. 1280- 1287.

40. لمزيد من التفاصيل حول هيكل البنك وعملية صنع القرار، انظر:
AIIB, Articles of the Agreement, article no. 13. Available at: https://www.aiib.org/en/about-aiib/basic-documents/_download/articles-of-agreement/basic_document_english-bank_articles_of_agreement.pdf (accessed on Feb. 25, 2021).

المقولـة الثانيـة، مفادهـا أن البنـك سـوف يتبنـى معاييـر مرنـة فيمـا يتعلق بالاشتراطات البيئية للمشـروعات الممولـة مـن جانبـه، وأنـه لـن يُعنـى كثيـراً بمعاييـر حمايـة البيئة[41]، ليس بالنظـر فقـط إلـى تراجـع الأهميـة النسـبية لهـذه القضيـة بالنسـبة للصيـن والسياسـات التنمويـة الصينيـة، ولكـن أيضاً لوجـود عـدد كبيـر مـن الـدول الناميـة بالبنـك كانـت لديهـا مشـكلات مـع المعاييـر البيئيـة للقـروض المقدمـة مـن البنـك الدولـي، فضـلاً عـن امتـلاك بعضهـا احتياطيـات كبيـرة مـن الفحـم تسـعى لاستغلالهـا لتوليـد الطاقة.

المقولـة الثالثـة، أن «البنـك الآسـيوي للاسـتثمار ﴾ البنيـة التحتيـة» سـوف يتحـول إلـى آليـة لضمـان هيمنـة الشـركات الصينيـة المملوكـة للدولـة، وذلـك بالنظـر إلـى عوامـل عـدة؛ يتعلـق أولهـا بموقـع هـذه الشـركات داخـل النظـام الاقتصادي الصينـي، بـل وداخـل النظـام السياسـي نفسـه، ويتعلـق ثانيهـا بالمشـكلات التـي بـاتت تواجههـا هـذه الشـركات ﴾ المرحلـة الراهنـة ﴾ عمليـة التنميـة والنمـو الاقتصـادي الصينـي؛ فقـد لعبـت هـذه الشـركات دوراً مركزيـاً ﴾ عمليـة التنميـة والنمـو الاقتصـادي ﴾ الصيـن خـلال العقـود الماضيـة. ورغـم التراجـع النسـبي لعـدد هـذه الشـركات بعـد بـدء تجربـة الانفتـاح الاقتصادي ﴾ عـام 1978، وخصخصـة عـدد مـن هـذه الشـركات، لكنهـا مازالـت تلعـب الـدور الأكبـر داخـل الاقتصـاد الصينـي، ولاتـزال تهيمـن علـى عـدد مـن القطاعـات الرئيسـية؛ مثـل: النفـط والغـاز، والنقـل الجـوي، والسـكك الحديديـة، والكهربـاء، والميـاه، والاتصـالات، والتمويـل. وتخضـع هـذه الشـركات لسـيطرة الدولـة ليـس فقـط مـن خـلال نمـط الملكيـة ولكـن أيضـاً مـن خـلال نظـام الإدارة، حيـث تخضـع لإشـراف «لجنـة الإشـراف وإدارة الأصـول المملوكـة للدولـة» (State-owned Assests Supervision and Administration Commission SASAC)، التابعـة لمجلـس الدولـة[42].

---

41. اكتفت المعاهدة المؤسسـة للبنك Articles of Agreement بالتأكيـد علـى أنـه: «يجب علـى البنـك التأكـد مـن أن كل عملياتـه تمتثل للسياسـات التشـغيلية والماليـة للبنك، بمـا فـي ذلـك ـ علـى سبيل المثـال لا الحصـر ـ السياسـات الخاصـة بالآثـار البيئيـة والاجتماعيـة» (المـادة (13 المعنونـة «مبـادئ العمـل»، ترجمـة الباحـث). للاطـلاع علـى نـص المـادة، انظـر:

AIIB, Articles of the Agreement, article no. 13. Available at: https://www.aiib.org/en/about-aiib/basic-documents/_download/articles-of-agreement/basic_document_english-bank_articles_of_agreement.pdf (accessed on Feb. 25, 2021).

42. Daniel C.K. Chow, "Why China Estrablished the Asia Infrastructure Investement Bank", op., cit., pp. 1293-1294.

ووفقاً لهذه المقولة، فإن «البنك الآسيوي للاستثمار في البنية التحتية» سيتحول – شأنه شأن البنوك الحكومية الصينية – إلى ذراع مالية لتمويل الشركات الصينية المملوكة للدولة، وضمان هيمنتها على مشروعات واستثمارات البنية التحتية في الدول النامية والدول الواقعة على مسارات الحزام والطريق من خلال توفير القروض لهذه الدول وإعادة توجيهها إلى الشركات الصينية مرة أخرى من خلال ضمان إسناد تنفيذ هذه الاستثمارات لهذه الشركات.

المقولة الرابعة، تذهب إلى أن البنك سوف يتحول إلى أداة لفرض العملة المحلية الصينية كعملة دولية. ورغم أن البنك مازال يعتمد على الدولار الأمريكي، لكن هذا لا يمنع تحوله تدريجياً إلى استخدام العملة المحلية الصينية، خاصة بعد موافقة صندوق النقد الدولي في 30 نوفمبر 2015 على ضم العملة الصينية إلى سلة «حقوق السحب الخاصة» SDR بجانب العملات الأربع الأخرى (الدولار الأمريكي، الجنيه الإسترليني، الين الياباني، اليورو). والافتراض المطروح هنا أن الصين سوف تعمد إلى استخدام البنك كآلية لتأكيد تحويل اليوان إلى عملة دولية من خلال التوسع في منح القروض بالعملة الصينية، وهذا التحويل ليس من شأنه منح الصين ثقلاً أكبر داخل النظام الاقتصادي العالمي وحسب، بل سيمنحها ثقلاً سياسياً أيضاً.

ولا تقتصر هذه الإدراكات السلبية للبنك على الكتابات الأمريكية، لكنها تشمل اليابان أيضاً؛ ما يفسر عدم انضمامها إلى البنك حتى الآن على الرغم من دعوة الصين لليابان أكثر من مرة للانضمام إليه[43]. وقد أعادت اليابان التأكيد على التخوفات الأمريكية السابقة نفسها (غموض آليات العمل الداخلية بالبنك، مدى التزام البنك بالقواعد والمعايير الدولية المتعلقة بحماية البيئة والمعايير الاجتماعية)[44]. أضف إلى ذلك، أن هناك مخاوف يابانية من تحول البنك إلى أداة لتأكيد الهيمنة الصينية على تدفقات القروض الموجهة للاستثمار في البنية التحتية بالأقاليم الآسيوية بشكل يزاحم أو يحجّم من دور «البنك الآسيوي للتنمية»، الذي يمثل إحدى أدوات السياسة اليابانية في هذا المجال. كما

---

43. "China invites Japan to join AIIB", The Economic Times, Mar 06, 2015. Available at: https://economictimes.indiatimes.com/news/international/business/china-invites-japan-to-join-aiib/articleshow/46475148.cms

44. Ji Xin, "Abe says Japan may join AIIB if environmental and other problems 'resolved'", CGTN, 16 May 2017. Available at: https://news.cgtn.com/news/3d557a4d35677a4d/share_p.html

لا يمكـن تجاهـل التأثيـر البعيـد المـدى الـذي يمكـن أن يحدثـه «البنـك الآسـيوي للاسـتثمار
ﰲ البنيـة التحتيـة» ﰲ مجـال تأكيـد الهيمنـة الصينيـة ﰲ منطقـة «الإندو-باسـيفيك» بشـكل
قـد يؤثـر علـى المصالـح اليابانيـة. لكـن مـع ذلـك مازالـت هنـاك وجهـة نظـر تـرى أن انضمـام
اليابـان إلـى البنـك يمكـن أن يحقـق عـدداً مـن المصالـح اليابانيـة المهمـة، خاصـة إمكانيـة
تحجيـم القـوة التصويتيـة الصينيـة التـي تضمـن لهـا ممارسـة حـق الفيتـو بشـكل منفـرد، حيـث
مـن المتوقـع أن تقـل نسـبة الصيـن مـن إجمالـي القـوة التصويتيـة إلـى أقـل مـن 20% ، خاصـة
ﰲ حالـة نجـاح اليابـان ﰲ بنـاء كتلـة تصويتيـة لموازنـة النفـوذ الصينـي داخـل البنـك (بالتعـاون
مـع دول مثـل أسـتراليا ونيوزيلنـدا والقـوى الأوروبيـة)، وتحسـين معاييـر الحوكمـة داخـل
البنـك فيمـا يتعلـق بالمعاييـر البيئيـة والاجتماعيـة، وتحقيـق نـوع مـن التنسـيق بيـن البنـك
الآسـيوي للتنميـة والبنـك الآسـيوي للاسـتثمار ﰲ البنيـة التحتيـة، وضمـان دور اليابـان ﰲ
مجـال الاسـتثمار ﰲ البنيـة التحتيـة الآسـيوية، فضـلاً عـن ضمـان الحفـاظ علـى دور لرجـال
الأعمـال اليابانيـين ﰲ هـذا المجـال[45] .

لكـن، ﰲ جميـع الحـالات لـن يحـدث هـذا التحـول ﰲ موقـف اليابـان تجـاه البنـك الآسـيوي
للاسـتثمار ﰲ البنيـة التحتيـة مـن دون التنسـيق مـع الولايـات المتحـدة. وإلـى أن يحـدث هـذا
التحـول فقـد لجـأت الحكومـة اليابانيـة إلـى عـدد مـن الإجـراءات لمواجهـة الـدور المتصاعـد
للبنـك وتخفيـف حجـم التحديـات التـي يفرضهـا بالنسـبة لليابـان، وأبـرز هـذه الإجـراءات
الإعـلان عـن خطـة للمسـاعدات التمويـة اليابانيـة الموجهـة للاسـتثمار ﰲ البنيـة التحتيـة للـدول
الناميـة الآسـيوية، بالتنسـيق مـع «بنـك التنميـة الآسـيوي»، بقيمـة إجماليـة قدرهـا 110 بلاييـن
دولار خـلال الفتـرة (2016 – 2020) بزيـادة قدرهـا 30% عـن الفتـرة (2015-2011)، علـى
أن يتـم توجيههـا لمـا وصفتـه بمشـروعات البنيـة التحتيـة «عاليـة الجـودة». وشـمل ذلـك أيضـاً
دعـم أو تقويـة دور «بنـك اليابـان للتعـاون الدولـي» JBIC[46] ﰲ مجـال المسـاعدات التمويـة

---

45. Daniel Bob, ed., "Asian Infrastructure Investment Bank: China as Responsible Stake-
    holder?", op., cit., pp. 22-23.

46. مؤسسـة تمويـل مملوكـة بالكامـل للحكومـة اليابانيـة. تأسـس البنـك فـي أكتوبـر 1999، مـن خـلال اندمـاج «بنـك
اليابـان للصـادرات والـواردات» JEXIM، و«صنـدوق التعـاون الاقتصـادي عبـر البحـار» OECF. يسـتهدف
البنـك تعزيـز التعـاون الاقتصـادي بيـن اليابـان والـدول الخارجيـة مـن خـلال توفيـر التمويـل الـلازم للاسـتثمارات
الأجنبيـة، وتعزيـز التجـارة الدوليـة، فضـلاً عـن اهتمامـه بدعـم الصـادرات والـواردات اليابانيـة. وقـد مثـل البنـك
إحـدى الأدوات الأساسـية للحكومـة اليابانيـة فـي تمويـل المسـاعدات التنمويـة الرسـمية. ويركـز البنـك علـى التنميـة
المسـتدامة، والأبعـاد البيئيـة والاجتماعيـة لعمليـة التنميـة، ومـن ثـم فإنـه يولـي اهتمامـاً كبيـراً بدراسـة وتقييـم الآثـار
البيئيـة للمشـروعات الممولـة مـن جانبـه.

الخارجيـة، وتقديـم الحكومـة اليابانيـة 33 بليـون دولار كمسـاعدات لتنميـة البنيـة التحتيـة في الـدول الآسـيوية خـلال السـنوات الخمـس (2016 – 2020) بالتنسـيق مـع القطـاع الخـاص اليابانـي. كمـا تضمنت هـذه الإجـراءات أيضاً قيـام «وكالة التعـاون الدولي اليابانية» JICA، بالتنسـيق مـع بنك التنميـة الآسـيوي، بوضـع آليـة لتمويل مشـروعات القطاع الخاص في مجال البنيـة التحتيـة، فضـلاً عـن تسـهيل شـروط تقديـم التمويـل اليابانـي لمشـروعات البنيـة التحتيـة.

خاتمة

مـع أهميـة المقولات والافتراضـات السـابقة التـي تطرحهـا نظريتـا «تحول القـوة» «واستقرار الهيمنـة»، لكـن يظـل مـن الصعـب الانحيــاز بشـكل قاطـع إلـى أي منهمـا. كمـا يظـل مـن الصعـب أيضـاً الارتـكان إلـى أي منهـا للقـول بأننـا إزاء عمليـة إزاحـة كاملـة للولايـات المتحدة مـن على قمة النظام العالمي، أو تغييـر كامل لقواعد النظام (المؤسسـات الحاكمـة، والأنظمـة، والمبـادئ المنظمة). فقد يحـدث تغييـر في هيكل القوة، أو طبيعـة القوى المهيمنة علـى النظـام، لكـن ليـس مـن الضـروري أن يسـتتبع ذلـك تغييـر كامـل للأنظمـة والمبـادئ والمؤسسـات الحاكمـة للنظـام وطبيعـة التفاعـلات الدوليـة.

هنـاك عوامـل عديـدة تجعـل مـن تطبيـق مقـولات هاتـين النظريتـين علـى الحالـة الراهنـة للنظـام العالمـي عمليـة أكثـر تعقيـداً. ويمكـن القـول -تحديـداً- إن النظـام العالمـي الراهـن بـات يتسـم بدرجـة مـن الخصوصيـة والتمايـز بالمقارنـة بالأنظمـة العالميـة السـابقة، خاصـة أنظمـة مـا قبـل الحـرب العالميـة الثانيـة، علـى نحـو يجعـل مـن عمليـة الانتقـال والتحـول داخـل النظـام العالمـي الراهـن عمليـة شـديدة التعقيـد مـن ناحيـة، وأقل قابليـة للفهـم وفقـاً لنظريـة محـددة مـن نظريـات العلاقـات الدوليـة، مـن ناحيـة أخـرى.

مـن ذلـك علـى سـبيل المثـال، أن القـوة الصاعـدة الراهنـة تعمـل في نظـام أكثـر مؤسسية بالمقارنـة بالأنظمـة العالميـة السـابقة، سـواء علـى المسـتوى العالمـي أو الإقليمـي (الأمم المتحدة، منظمـة التجارة العالميـة، مؤسسـات بريتـون وودز، المنظمـات الإقليميـة). هـذه المؤسسـات باتـت تتسـم بدرجـة كبيـرة مـن الاسـتقرار، كمـا أنهـا باتـت مسـؤولة عـن إدارة حجـم كبيـر مـن التفاعـلات الدوليـة علـى المسـتويات الأمنيـة والسياسـية والاقتصاديـة، مـن ناحيـة. أضـف إلـى ذلـك أنهـا تمثل أدوات مهمة بالنسـبة للقوى الصاعدة نفسـها لا يمكنها التضحيـة بها

لتحقيـق أهدافهـا، وإدارة تفاعلاتهـا مـع النظـام العالمـي الراهـن، مـن ناحيـة أخـرى. ورغـم تحفظ القـوى الصاعدة علـى هيـاكل بعض هـذه المؤسسـات، وهيـكل توزيـع الأوزان النسـبية (حصص المسـاهمات الماليـة والقـوة التصويتيـة داخـل بعض المؤسسـات الدوليـة) لكـن الأمـر لـم يصـل بعـد إلـى رفض كامل لوجـود هـذه المؤسسـات مـن جانـب هـذه القـوى. كمـا أن هـذه المؤسسـات لاتـزال تحظـى بالاعتـراف مـن جانـب وحـدات النظـام العالمـي رغـم مـا تعكسـه مـن توزيـع غيـر عـادل للأعبـاء والعوائـد داخـل النظـام؛ الأمـر الـذي يجعـل مـن إزاحـة هـذه المؤسسـات وتغييـر كامـل لقواعـد العمـل داخـل النظـام العالمـي والأنظمـة الأمنيـة والاقتصاديـة أمـراً صعبـاً.

المصادر والمراجع

باللغة العربية

محمـد السيد سـليم، تطـور السياسـة الدوليـة في القرنـين التاسـع عشـر والعشـرين (القاهـرة: دار الفجـر الجديـد للنشـر والتوزيـع، الطبعـة الثانيـة، 2004).

باللغة الإنجليزية

Abramo F. K. Organski & Jecek Kugler, The War Ledger (Chicago: University of Chicago Press, 1980).

AIIB, Articles of the Agreement, article no. 13. Available at: https://www.aiib.org/en/about-aiib/basic-documents/_download/articles-of-agreement/basic_document_english-bank_articles_of_agreement.pdf (accessed on Feb. 25, 2021).

Bernanke, "U.S. Congress Pushed China into Launching AIIB", Financial Times, June 2, 2015. https://www.ft.com/content/cb28200c-0904-11e5-b643-00144feabdc0

Charles Kindleberger, "Dominance and Leadership in the International Economy", International Studies Quarterly, 25 (2), 1981, pp. 242-254.

Charles P. Kindleberger, The World in Depression, 1929-1939, (Berkeley, California: University of California Press, 1973).

Daniel C.K. Chow, "Why China Established the Asia Infrastructure Investment Bank", Vanderbilt Journal of Transitional Law, Vol. 49, 2016, pp. 1278- 1279. Available at: https://www.vanderbilt.edu/jotl/wp-content/uploads/sites/78/7.-Chow_Paginated.pdf (accessed on Feb 13, 2021).

David Lai, "The United States and China in Power Transition", Strategic Studies Institute Book, Strategic Studies Institute, USA Army War College, USA, December 2011, pp. 19-24. Available at: http://publications. armywarcollege.edu/pubs/2166.pdf (accessed on 10 January 2021).

David R. Sands, "Diplomatic disaster: Obama humiliated by allies' rush to join China's new bank... Britain, France, Germany, Italy sign on as Beijing courts Australia, South Korea", The Washington Times, March 18, 2015. Available at:https://www. washingtontimes.com/news/2015/mar/18/obama-humiliated-as-allies-join-chinas-asian-infra/ (accessed on March 13, 2021).

Douglas Lemke and Suzanne Werner, "Power Parity, Commitment to Change, and War", International Studies Quarterly, vol. 40, no. 2, June 1996, pp. 235- 260.

Drazen RAKIC, "The International Monetary Fund: 15th General Review of Quotas", Policy Department for Economic, Scientific and Quality of Life Policies, European Parliament, PE 631.059, April 2019. Available at: http://www.europarl.europa.eu/ RegData/etudes/BRIE/2019/631059/IPOL_BRI(2019)631059_ EN.pdf (accessed on April 2, 2021).

Edwin M. Truman, "18-9 IMF Quota and Governance Reform Once Again", Policy Brief, Peterson Institute for International Economics, Washington, DC., March 2018. Available at: https:// piie.com/system/files/documents/pb18-9.pdf

Edwin M. Truman, "The Congress Should Support IMF Governance Reform to Help Stabilize the World Economy", Policy Brief, Peterson Institute for International Economics, Washington, DC., March 2013. Available at: https://piie.com/publications/ pb/pb13-7.

G20 Leaders' Declaration, "Building Consensus for Fair and Sustainable Development", Buenos Aires, Argentina, December 1, 2018. Available at: http://www.g20.utoronto.ca/2018/2018-leaders-declaration.html (accessed on April 3, 2021).

G20 Leaders' Declaration, "Shaping an Interconnected World", July 8, 2017, Hamburg. Available at: http://www.g20.utoronto.ca/2017/2017-G20-leaders-declaration.html (accessed on April 3, 2021).

IMF, "International Monetary Fund Thirteenth General Review of Quotas- Assessing the Adequacy of Fund Resources", prepared by the Finance Department (In consultation with other departments), approved by Michael G. Kuhn, November 27, 2007. Available at: https://www.imf.org/external/np/pp/2007/eng/112707a.pdf (accessed on April 2, 2021).

IMF, "Press Release: IMF Board of Governors Approves Conclusion of Quota Review", February 4, 2003. Available at: https://www.imf.org/en/News/Articles/2015/09/14/01/49/pr0314 (accessed on April 2, 2021).

IMF, "Press Release: IMF Executive Board Recommends to Governors Conclusion of Thirteenth General Quota Review", September, 2015, Available at: https://www.imf.org/en/News/Articles/2015/09/14/01/49/pr0802 (accessed on April 3, 2021).

IMF, "Twelfth General Review of Quotas- Draft Report of Executive Directors to the Board of Governors", prepared by the Treasurer's Department, November 18, 2002. Available at: https://www.imf.org/external/np/tre/quota/2002/eng/111802.htm (accessed April 2, 2021).

Ji Xin, "Abe says Japan may join AIIB if environmental and other problems 'resolved", CGTN, 16 May 2017. Available at: https://news.cgtn.com/news/3d557a4d35677a4d/share_p.html

Jonathan M. Dicicco & Jack S. Levy, "Power Shifts and Problem Shifts: The Evolution of the Power Transition Research Program", Journal of Conflict Resolution, 43 (6), 1999, pp. 675- 704. Available at: https://journals.sagepub.com/doi/pdf/10.1177/0022002799043006001 (accessed on January 20, 2021).

Lawrence Summers, «A global wake-up call for the U.S.?", Washington Post, April 5, 2015. Available at: https://www.washingtonpost.com/opinions/a-global-wake-up-call-for-the-us/2015/04/05/6f847ca4-da34-11e4-b3f2-607bd612aeac_story.html?utm_term=.08dd87a5e72c

Matthew Gillard, "Hegemonic Stability Theory and the Evolution of the Space Weaponization Regime During the Cold War", A Thesis Submitted in Partial Fulfilment of the Requirements for the Degree of Master of Arts, Faculty of Graduate Studies (Political Studies), The University of British Columbia, August 2006, pp. 16-17.

Reuters, "China expresses regret at U.S. failure to pass IMF reforms", December 12, 2014. Available at: https://www.reuters.com/article/us-china-usa-imf/china-expresses-regret-at-u-s-failure-to-pass-imf-reforms-idUSKBN0JQ0PO20141212?feedType=RSS&feedName=worldNews

Reuters, "China urges IMF to give more power to emerging markets", January 16, 2014. Available at: https://www.reuters.com/article/us-china-imf/china-urges-imf-to-give-more-power-to-emerging-markets-idUSBREA0E1PT20140115

Reuters, "China's Xi seals nuclear power deal as part of $62 billion splurge in Britain", October 21, 2015. Available at:https://www.reuters.com/article/us-china-britain/chinas-xi-seals-nuclear-power-deal-as-part-of-62-billion-splurge-in-britain-idUSKCN0SF0Q720151021 (accessed on March 13, 2021).

Robert Gilpin, The Political Economy of International Relations (Princeton: Princeton University Press, 1987).

Steve Chan, China, The United States, and Power Transition Theory: A Critique (London, New York: Routledge, 2008).

The Department of Defense, "Summary of the 2018 National Defense Strategy of the United States of America: Sharpening the American Military's Competitive Edge", Washington D.C, 2018, p. 2. Available at: https://dod.defense.gov/Portals/1/Documents/pubs/2018-National-Defense-Strategy-Summary.pdf (accessed on March 15, 2021).

The Economic Times, "China invites Japan to join AIIB", Mar 06, 2015. Available at: https://economictimes.indiatimes.com/news/international/business/china-invites-japan-to-join-aiib/articleshow/46475148.cms

The Economist, "The Asian Infrastructure Investment Bank American poodle to Chinese lapdog? America and Britain at odds over how to deal with China", Mar 13, 2015. Available at: https://www.economist.com/news/2015/03/13/american-poodle-to-chinese-lapdog (accessed on March 13, 2021).

The G20 Seoul Summit, "The Seoul Summit Document", Seoul, November 12, 2010. Available at: http://www.g20.utoronto.ca/2010/g20seoul-doc.pdf (accessed on March 20, 2021). Available at: http://www.g20.utoronto.ca/2010/g20seoul.pdf (accessed on March 20, 2021).

The National Development and Reform Commission (NDRC) and the National Energy Administration, "Visions and Actions on Energy Cooperation in Jointly Building Silk Road Economic Belt of 21st Century Maritime Silk Road", May 16, 2017. Available at: https://eng.yidaiyilu.gov.cn/zchj/qwfb/13754.htm (accessed on Jan. 30, 2021).

The National Development and Reform Commission (NDRC) and the State Oceanic Administration, "Vision for Maritime Cooperation under the Belt and Road Initiative", 20 June 2017. Available at: https://www.yidaiyilu.gov.cn/wcm.files/upload/ CMSydylgw/201706/201706200153032.pdf (English Version) Accessed on Jan. 20, 2021.

The White House, National Security Strategy of the United States of America, Washington D.C, December 2017, p. 25. Available at: https://www.whitehouse.gov/wp-content/uploads/2017/12/NSS-Final-12-18-2017-0905.pdf (accessed on February 21, 2021).

Tong Zhao, "Why China is Worried about the End of the INF Treaty", Carnegie-Tsinghua Center for Global Policy, November 07, 2018. Available at: https://carnegietsinghua.org/2018/11/07/ why-china-is-worried-about-end-of-inf-treaty-pub-77669 (accessed on March 13, 2021).

Victor Edward Sachse, Hegemonic Stability: An Examination, A Dissertation Submitted to the Graduate Faculty of the Louisiana State University and Agricultural & Mechanical College in partial fulfillment of the requirements for the degree of Doctor of Philosophy in Political Science, USA, 1989, pp. 4-7. Available at: https://digitalcommons.lsu.edu/cgi/viewcontent. cgi?article=5739&context=gradschool_disstheses (accessed on April 1, 2021).

Woosang Kim, "Alliance Transition and Great Power major Wars", American Journal of Political Science, vol. 35, no. 4, November 1991, pp. 830- 850.

Worldview Stratfor, "The U.S. Withdrawal from the INF Treaty is the Next Step in a Global Arms Race", Assessment, 22 October 2018. Available at: https://worldview.stratfor.com/article/us-withdrawal-inf-treaty-russia-global-arms-race-missiles (accessed on February 12, 2021).

نبذة عن المؤلف

د. محمد فايز فرحات

مدير مركز الأهـرام للدراسـات السياسية والاسـتراتيجية. حاصـل عـلى بكالوريـوس العلـوم السياسـية مـن كليـة الاقتصـاد والعلـوم السياسـية، جامعـة القاهـرة سـنة 1992، ودرجـة الماجسـتير في العلـوم السياسية سنة 2001 في موضوع «الإقليميـة الجديـدة في آسـيا»، ودرجـة الدكتوراه في العلوم السياسية سنة 2013 مـن جامعـة القاهـرة في موضـوع «الاحتـلال وإعـادة بنـاء الدولـة: دراسـة مقارنـة لخبـرات مـا بعـد الحـرب العالميـة الثانيـة ومـا بعـد الحـرب البـاردة». تنصـب اهتماماتـه البحثيـة عـلى الدراسـات الآسـيوية، كمـا يـولي اهتمامـاً خاصـاً بالتحـولات الجاريـة في منطقـة الشـرق الأوسـط وسياسـات القـوى الكبـرى في المنطقـة، وحركـات الإسـلام السياسـي، والتحـولات الجاريـة في هيـكل النظـام الاقتصـادي العالمـي، وبخاصـة المجموعـات الاقتصاديـة الدوليـة الصاعـدة. كمـا أنـه مؤلـف لعـدد مـن الكتـب والدراسـات الصـادرة عـن عـدد مـن مراكـز البحـوث العربيـة والدوليـة، منهـا كتـاب: الاحتـلال وإعـادة بنـاء الدولـة: حـالات اليابـان وأفغانسـتان والعـراق (مركـز دراسـات الوحـدة العربيـة، 2015)، ولـه دراسـات عديـدة في عشـرات الكتـب المنشـورة والصـادرة عـن عـدد مـن مراكـز البحـوث العربيـة والدوليـة.